오루노코

오루노코

- 고귀한 영혼의 노예

애프라 벤 지음
최명희 옮김

오루노코
– 고귀한 영혼의 노예

초판 1쇄 2014년 6월 6일

지은이   애프라 벤
옮긴이   최명희
펴낸이   유병국

펴낸곳   동안
책임편집   이종수, 국찬
마케팅   유병국(010.7368.8088)
등록   2011년 7월 13일
주소   경기도 광주시 도척면 도웅리 66-5
전화   031-762-7026
팩스   0303-0232-5006
전자주소   duringpublish@gmail.com

동안 2014
ISBN 979-11-950587-2-3   03840

값 9,000원

※ 잘못된 책은 구입하신 곳에서 교환해드립니다.

Oroonoko:
or, the Royal Slave
by
Aphra Behn
First published in 1688

목차

1장 ·· 009

2장 ·· 019

3장 ·· 027

4장 ·· 037

5장 ·· 049

6장 ·· 061

7장 ·· 071

8장 ·· 085

9장 ·· 097

10장 ·· 113

11장 ·· 125

12장 ·· 139

13장 ·· 151

1장

나는 지금부터 어느 '고귀한 영혼의 노예'의 생애를 독자 여러분께 들려주고자 한다. 그러나 시인의 상상력으로 환상적인 인생과 운명을 끌어가는 거짓된 영웅의 모험담으로 여러분을 즐겁게 할 생각은 추호도 없으며, 진실성에 대해서도, 실제로 그의 신상에 일어났던 사건 이외에 다른 것들을 덧붙여서 그의 생애를 윤색하지도 않을 것이다. 간단히 그의 삶 자체가 보여주는 고유한 미덕과 자연스럽게 호기심을 유발하는 요소만으로도 추천할 만한 것으로 보이기 때문이다. 이 점과 관련해서는 뒷받침할 만한 충분한 사실적 요소가 있고 따라서 어떤 허구적인 장치가 없어도 그 자체로 흥미진진한 이야기가 될 것이다.

앞으로 전개될 내용에서 대부분의 사건은 나 자신이 직접 목격한 것이다작가 벤에 대한 오래된 전기에서는 이 이야기가 사실담처럼 기술되어 있지만 믿을만한 확증은 없다. 내가 보지 못했던 사건들은 이 이야기의 주역인 주인공의 입을 통해 직접 들은 것이다. 그는 젊은 시절에 겪었던 일들을 전부 우리에게 들려주었다. 그러나 이야기를 간결하게 하기 위해서 일생 동안 그에게 닥쳤던 수많은 사소한 일들은 생략하기로 한다. 다행스럽게도 그런 일들 속에는 전기적인 내용이나 모험담 같은 것이 거의 들어 있지 않다. 늘 새롭고 신기한 오락거리가 넘쳐나는 세계에서 살아가는 독자들에게는 어차피 지루하고 재미없을 것이다. 그렇긴 하지만 이 위대한 인물의 성격에 완전히 매료된 우리로서는 그의 생애에 있었던 갖가지 사건들을 모으는 데 관심을 가지고 있다. 그가 많은 모험을 펼쳤던 마지막 무대는 아메리카 서인도 제도의 수리남현재의 남아메리카 북동 연안의 공화국. 당시에는 영국령이었다. '서인도 제도의'라고 한 것은 작가의 오해이라는 식민지였다.

이 용맹한 노예의 이야기를 시작하기에 앞서, 운명을 개척하려고 새로운 식민지를 찾아온 사람들의 모습부터 밝히는 것이 순서일 것이다. 그들은 원주민들을 애써 복종시키려고 하지 않았으며, 오히려 완전히 우호적인 관계 속에서 지내고 있었다. 형제와 같은 친밀한 애정으로 그들이 잡아오는 물고기나 사슴고기, 물소가죽, 그 외에도 온갖 작고 진기한 짐승들을 거래했다. 대표적인 예로 조그만 짐승들 중에는 원숭이의 일종인 마모셋원숭이가 있다. 이 짐승은 쥐 또는 족제비만한 크기로 손과 얼굴은 사람을 닮았는데 그 신체 비율의 정교함에 있어서는 놀라움을 금할 길이 없다. 또 사슴의 일종인 코셔리cousheries, 카리브 연안 원주민들의 언어인 Galibi로 사슴(deer)을 가리킴는 겨우 새끼고양이만한 덩치에 사자의 용모를 가진 짐승이다. 어디를 보나 저 고귀한 짐승인 사자의 형상 그대로여서 말 그대로 사자의 미니어처라고 할 수 있다.

또 다른 주요한 교역물로 작은 잉꼬와 큰 앵무새, 그리고 마코라고 불리는 콩고잉꼬가 있었으며, 그 외에도 온갖 종류의 아름답고 진기한 형상과 자태와 색깔을 자랑하는 조류와 짐승들이 있었다. 여기에 어마어마한 크기의 뱀 껍질도 빠뜨릴 수가 없다. 그 가운데에는 왕실의 골동품 전시관에서나 볼 수 있는, 길이가 60야드나 되는 것도 있었다. 왕실 전시관에는 엄청나게 크고 신비로운 색상의 진귀한 곤충들이 진열되어 있는데, 그 중에는 내가 직접 기증한 것들로 주먹만 한 곤충이라든가 그보다 더 작은 것들도 있다. 어느 것이든 인간의 솜씨로는 도저히 흉내를 낼 수 없는, 온갖 종류의 진기함을 보여주는 것이다.

또한 우리는 깃털도 거래했다. 원주민들은 갖가지 모양의 깃털로 자신들이 걸치는 조그맣고 짧은 의상을 지었으며, 또 머리나 목, 팔과 무릎에 매달기 위한 멋진 장식물을 만들기도 했다. 그 색깔의 아름다움은 상상을 초월할 정도여서 찬탄하지 않을 수 없다. 나는 인디언 왕녀의 의관에 사용되는 깃털을 왕실 박물관에 기증하기도 했는데, 이는 도저히 모방하기 힘든 색상으로 높은 신분의 사람들 모두가 감탄해 마지않았던 것이다. 이런 것

외에도 온갖 진품들, 즉 원주민들이 만드는 작은 장식품들에서 바구니나 무기, 앞치마 등등의 수공예품들도 교역 대상에 들어 있었다.

이 물품들에 대한 대가로 우리가 제공하는 것은 색색의 유리구슬과 나이프, 도끼, 핀, 바늘 등이었다. 원주민들은 바늘을 사용하여 귀나 코, 입술에 구멍을 뚫고 그 구멍으로 여러 자잘한 물건들, 가늘고 긴 유리구슬이라든가 얇게 두드려 늘어뜨린 주석, 은이나 진주, 그 외에도 반짝이거나 소리 나는 물건 조각들을 매달았다. 또 색색의 유리구슬로 아름답게 꽃무늬를 넣어 짜서 15인치 정도의 장방형 앞치마를 만들기도 했다. 아담과 이브가 무화과나무 잎을 사용했듯이 그들도 그 앞치마로 자기 신체를 가리는 것이다. 남자들은 긴 삼베천을 둘렀는데, 이 천 역시 우리와의 거래로 입수한 것이다. 또한 긴 무명실로 유리구슬을 꿰어서 띠를 만들어 앞치마와 연결하는데, 이 띠를 허리에 스무 번 혹은 그 이상을 둘러 감고 거기에 양쪽으로 어깨에 교차시키면서 목과 양팔에 친친 두르거나 양쪽 정강이에 걸쳐 감곤 했다. 유리구슬 장식물은 특히 그들의 길고 검은 머리카락이나 작은 반점들과 꽃모양으로 채색된 얼굴과 잘 어우러져 매우 신비로운 모습으로 비치게 했다.

미인들 중에는, 물론 거의 모든 여인들이 아름답지만, 특히 아름다운 용모와 사랑스러운 이목구비를 가진 매력적인 사람들이 있다. 여인들은 붉은 기운이 도는 황색의 얼굴빛만 제외하면, 우리가 아름답다고 말할 수 있는 거의 전부를 다 갖추고 있었다. 종종 오일을 바르고 단장을 끝낸 여인들의 얼굴은 갓 구운 기와 같은 빛으로 매끄러우면서도 부드럽고 아름다운 윤기로 빛이 났다.

이곳 여인들은 대단히 정숙하고 얌전했다. 너무도 수줍음을 타는 탓에 피부에 살짝 손이 닿기만 해도 마치 큰일이라도 난 듯 기겁을 하곤 했다. 그 여인들은 거의 벌거벗은 상태로 생활하지만, 그들 사이에서 오래 지내다 보면 어떤 음란한 행위나 시선을 보이는 일이 전혀 없다는 점을 알게 된다. 늘 있는 그대로, 지극히 자연스러운 태도로 서로를 대한다. 마치 인간의 타락이 시작되기 전아담과 이브가 에덴동산에서 쫓겨날 때까지를 말한다, 인류 최초의 조상들처럼 새롭게 호기심을 불러올 일은 아무것도 없다는 듯이 살아간다. 그래서 그들은 마치 어떤 욕망도 없는 것처럼 보이기도 하지만, 그것은 다만 직접 보는 그대로의 것, 늘 보는 그것이 전부이기 때문이다. 눈앞에 별다른 사건이 없는 곳에서는 새롭게 자극받을 일도 없다.

그러나 반드시 그런 것만은 아니다. 언젠가 나는 무척 아름다운 한 인디언 여자에게 죽도록 사랑에 빠져있는 잘 생긴 젊은 인디언을 본 적이 있다. 그런데 그 남자의 구애란 것은 팔짱을 끼고 눈으로만 묵묵히 그녀를 쫓는 일이 고작이었다. 그가 할 수 있는 말은 한숨을 내쉬는 것이 고작이었다. 한편 여자 쪽은 마치 그런 연인이 전혀 존재하지 않는다는 듯이, 아니 오히려 자기는 그런 사람을 바라지 않는다는 듯이, 남자를 보지 않기 위해 시선을 피하는 일에만 신경을 쓰고 있었다. 절대로 그의 곁에 가까이 가려고 하지 않으면서, 마치 우리 사회에서 자신에게 가장 엄격하고 정숙한 사람들에게서 볼 수 있듯이, 얼굴을 붉힌 채로 다소곳이 눈을 내리깔고 있을 뿐이었다.

내게는 이곳 원주민들이 인간이 죄를 알기 전, 즉 태초의 순결이라는 이상을 완전하게 구현하고 있는 것처럼 생각되었다. 이 점에서 태초의 자연은 가장 무해하며 악의 없는 정결한 여성이라는 점은 분명했다. 혹시라도 그럴 기회가 주어지기만 한다면, 인간이 생각해낸 그 어떤 것보다 세상을 더 훌륭하고 올바르게 교화시키는 쪽은 분명히 여성일 것이다. 종교는 무지로 인해서 이 지역에 유지되고 있는 평화를 오직 파괴할 따름이며, 법률은 이곳 사람들이 전혀 알지 못하는 죄를 알게 하고 그것을 위반하도록 가르칠 뿐이다.

언젠가 영국인 총독이 죽었다고 해서 이곳 사람들은 상복을 입고 금식을 한 일이 있었다. 그 이유는 총독이 이러이러한 날에 그들이 사는 곳을 방문하겠다는 굳은 약속을 하고서는 약속날짜에 오지 않았고 대리인조차 보내지 않았기 때문이었다. 그들은 남자가 일단 입 밖으로 낸 말을 지키지 않아도 되는 경우는 오직 그 사람이 죽었을 때뿐이라고 믿고 있었다. 나중에 그들이 총독이 죽지 않았다는 사실을 알게 되자, 총독에게 실제로 하지도 않을 일을 약속하는 남자를 뭐라고 불러야 하는가를 물었다. 총독은 그런 남자는 거짓말쟁이라고 대답하면서, 그런 일은 신사에게 불명예라고 설명했다. 그러자 원주민 중 한 사람이 대답했다.

"총독, 당신은 거짓말쟁이며 바로 그 불명예의 죄를 범했다."

원주민들에게는 고유한 정의가 있었다. 그들은 속임수라는 것을 알지 못했으며, 백인들이 가르쳐주지 않는 한 악덕이나 교활한 지혜라는 것도 알지 못했다. 그들은 여러 명의 아내를 소유했으며 늙은 후에는 그 뒤를 계승하는 젊은이들이 그 아내들을 자기 시종으로 거두었다. 이 관계는 간단하면서도 존경받을 만한 행동이었다. 전쟁에서 노예를 손에 넣지 않는 경우에는 다른 시종을 취하지 않았다.

내가 머물렀던 대륙에는 왕이라는 존재가 없었다. 다만 가장 나이가 많은, 전사들의 족장에게 충심으로 복종했다. 족장은 전투에서 부하들을 거느려 지휘하고 승리를 거둔 사람이었다. 그 사람에 대해서는 앞으로 또 말할 기회가 있을 것이다. 다른 주민들에 대해서는 그들의 풍습이나 생활상과 관련해 이야기하겠다.

앞에서 말했듯이, 우리는 이곳 주민들과 서로 문제를 일으키지 않고 이해하면서 평화롭게 지내고 있었다. 이점은 극히 자연스러운 일이었다. 원주민들은 그 지방에서 가장 맛있는 양식을 구할 수 있는 장소와 그것들을 손에 넣는 방법을 잘 알고 있었다. 그렇게 중요하지 않고 별 것 아닌 것이라고 해도 우리로서는 도저히 획득할 수 없는 귀중한 물건들을 제공해 주기도 했다. 그들은 숲속에서만이 아니라 접근하기 아주 어려운 정글 깊숙한 곳까지 들어갔으며, 사냥개처럼 민첩한 걸음으로 재빠른 사슴이나 먹을 수 있는 짐승들을 뒤쫓으며 사냥할 줄 알았다. 물속으로 뛰어들 때면 마치 그 강물의 지배자처럼, 연못의 친구처럼 보였다. 헤엄치거나 물속 깊이 잠수하는 데 있어서 그들은 세상의 그 누구도 따라가지 못할 기술을 가지고 있었다. 물속의 거주민들처럼 놀라운 솜씨로 강물 속의 물고기들을 맨손으로 낚아채곤 했다.

활쏘기에 대해서는 더 말할 나위도 없다. 손이 닿지 않거나 직접 잡을 수 없을 경우에 그들은 화살을 이용했다. 그 솜씨에 대해서는 너무나도 훌륭하다고 감탄할 수밖에 달리 표현할 길이 없다. 화살이 닿을 수 있는 범위 안에 있는 것은 무엇이든지, 설령 그 거리가 아무리 멀어도 거의 머리카락 한 가닥까지도 적중시킬 정도였다. 오렌지나 과일을 화살로 맞추어 떨어뜨릴 때면 화살촉이 과일에 흠집을 내지 않도록 정확히 열매의 꼭지를 맞추었다.

그들은 우리에게 소중한 보물과도 같은 존재였다. 우리는 그들을 친구로서 사랑했으며, 무엇보다도 그들을 노예로 대하지 않는다는 점을 절대적으로 중요하게 여겼다. 더구나 그 땅에서는 그들이 우리보다 훨씬 숫자가 많았다. 어차피 우리는 달리 행동할 방도가 없었던 것이다.

2장

백인들의 사탕수수 농장에서 일하는 사람들은 거의 전부가 니그로, 즉 흑인 노예였다. 그들은 다음과 같은 경로를 거쳐 이 지역으로 들어오게 되었다. 먼저 노예를 원하는 사람들은 배의 주인이나 선장과 접촉해서 그쪽이 승낙하는 사람 수에 한해서 한 사람 당 얼마라는 식으로 교섭을 시작한다. 보통 한 사람 당 20파운드 정도의 돈을 지불하겠다는 식으로 계약을 한 후, 노예들이 농장에 도착하면 그때 대금을 지불한다. 노예를 실은 배가 농장에 도착하면, 계약한 사람들이 배에 올라가 제비뽑기를 해서 계약한 숫자만큼의 노예를 확보한다. 한 번의 제비뽑기로 열 명을 분배받는 경우라면 대개 서너 명의 남자노예와 나머지는 여자나 아이들로 채워진다. 이는 남녀 수의 비율에 따라 흔히 있는 일이며, 따라서 마음에 들지 않더라도 제비뽑기에 따른 결과에

승복해야 한다.

노예 거래가 가장 활발하게 행해졌던 지역 가운데 하나는 흑인들의 나라인 코라만티엔Coramantien, 아프리카, 가나의 도시이름이다. 그래서 노예 거래를 하는 대부분의 무역상들이 이 지역으로 모여들었다.

이 지역의 부족은 매우 호전적이고 용맹한 것으로 이름이 높았다. 그들은 주변 부족들을 적으로 만들면서 끊임없이 싸움을 일으켰고 그러면서 많은 수의 포로들을 잡을 기회가 많았다. 전투에서 포로로 잡힌 사람은 모두 노예로 팔렸다. 적어도 자기 몸값을 지불할 수 없는 평민들은 그랬다. 무역상선의 선주나 선장들에게 전쟁포로를 노예로 팔아 생기는 수익금은 모두 그 전투의 대장들이 차지했다.

코라만티엔의 왕은 백 살이 넘은 노인이었다. 그에게는 많은 아름다운 흑인 부인들이 있었지만 아들은 한 명도 없었다. 흑인 여성들도 남자를 매료시킬 만큼 충분히 아름다웠다. 젊은 시절의 왕에게는 여러 명의 용감한 아들이 있었다. 그들 중 13명이 전투를 승리로 이끌면서 용감하게 싸우다가 전사했다. 이제 그의 뒤를 이을 후계자는 단 한 명의 손자밖에 남지 않았다.

이 손자의 아버지 역시 전사한 승리자들 중의 한 명이었다. 손자는 손에 활을 잡고 등에 화살통을 맬 수 있을 만큼 자라게 되자 곧장 전사로서의 훈련을 위해 그 우두머리인 노장군에게 보내졌다. 거기서 그는 노장군의 훌륭한 지도를 받으면서 기회 있을 때마다 활솜씨에서 타고난 기량을 보여주었다. 열일곱 살이 되자, 그는 지금까지 있었던 싸움에서 그 어떤 사람보다도 더 용감한 전사가 되었다. 동료들은 모두가 경탄과 존경의 눈으로 그를 우러러 보았다.

더구나 그의 타고난 아름다움은 그 검은 종족 가운데서 군계일학처럼 빼어난 존재로 보이게 했다. 그가 높은 신분의 출신임을 모르는 사람들조차도 그에 대해서는 외경심과 숭배의 기분을 품을 정도였다. 나중에 그가 우리가 사는 지역으로 왔을 때, 나 또한 그의 모습을 보면서 놀라움과 찬탄을 금치 못했던 것이다.

그가 열일곱 살이 채 되지 않았을 때, 바로 곁에서 싸우던 노장군이 눈에 화살을 맞고 전사했다. 그때 이 용맹한 무어인아프리카 북서부 모로코 지방에 사는 베르베르족과 아라비아인의 혼혈인종으로 이슬람교도, 오루노코 왕자는 가까스로 몸을 돌려 그 화살을 피할 수 있었다. 왕자를 겨눈 화살이 날아오는 것을 깨달은 그 순간에 노장군이 머리를 젖혀 그 화살을 막아냈던 것이다. 그때 장군이 몸으로 그의 목숨을 구해내지 않았다면 왕자는 그 화살을 맞고 운명을 다했을 것이다.

오루노코는 슬픔에 잠겼다. 그러나 곧이어 그에게 노장군의 후계자로 대장의 역할을 맡으라는 전갈이 왔다. 2년 동안 전투가 더 계속되었고 그후 왕자는 궁으로 돌아왔다.

다섯 살 때부터 열일곱 살이 되기까지 그는 궁에서 한 달 이상을 머물렀던 적이 없었다. 그런데도 왕자가 성취한 인품이나 영혼의 위대성, 더 구체적으로 말해서 진정한 명예심에 관한 분별과 단호한 관용의 정신, 애정과 존경에 대해서 최고의 정열을 바칠 수 있는 다정함 등을 생각해보면 놀라지 않을 수가 없었다. 그는 전사로서 줄곧 싸움터에서 살았고 거기서 보거나 듣는 것이라면 온통 죽은 사람이거나 부상자, 무기소리와 신음소리뿐이었을 테니까 말이다.

그가 지닌 고매한 정신의 일부는 학식이 풍부했던 프랑스인 교수에게서 받은 영향 덕분일지도 모른다. 젊은 흑인의 궁정 가정교수로서 그 프랑스인은 매우 의욕적이었으며, 또 왕자가 대단히 적극적이고 영리하고 이해가 빠르다는 점을 깨달은 후에는 더욱 열렬하게 교양과 언어, 학문을 가르쳤던 것이다. 왕자 또한 그에게 무한한 애정과 존경을 품고 있었다.

교양의 또 다른 배경에는 전쟁에서 돌아온 왕자가 무역업무로 그 지역을 찾는 영국 신사들을 만나기를 좋아했으며, 그들로부터 영어를 익히고 스페인어까지 배우게 된 점도 한몫했을 것이다. 스페인어를 구사할 수 있었으므로 그는 후일 스페인 무역상을 대상으로 노예 교역을 하기도 했던 것이다.

나는 이 위대한 인물을 만나 자주 대화를 나누면서 그의 강인한 성품을 직접 눈으로 보았다. 그러므로 장담할 수 있다. 용기와 영혼의 위대함에 있어서 세상의 어떤 이름 있는 가문에서도 그처럼 분명한 판단력과 날카로운 통찰력을 갖춘 인물을 길러낼 수는 없을 것이라는 점이다. 또한 그처럼 다정하고 유쾌하게 대화를 나눌 수 있는 인물도 찾아내기 어려울 것이다.

오루노코는 만 권의 책이라도 독파한 듯 해박한 지식을 가지고 있었다. 그는 고대 로마인에 대한 이야기를 모두 알고 있었으며, 그들에게 존경심을 품고 있었다. 또 최근에 일어난 영국 내전1642년부터 49년에 이르는 영국의 내전, 청교도혁명을 가리킨다이나 우리의 위대한 군왕1649년 1월 30일, 청교도혁명의 결과 처형된 찰스 1세의 비참한 죽음에 대해서도 알고 있었다. 그 문제에 대해서 다각도로 논의하면서 거기서 정의롭지 못한 점을 추론하고 그 점을 미워했다. 양가집의 자제다운 예의와 대단히 선량하고 고상한 태도를 갖추고 있었으며, 천성적으로 비천한 데가 없었다. 모든 점에서 유럽의 귀족가문에서 좋은 교육을 받은 사람을 떠올리게 하는 그런 인물이었다.

오루노코 왕자가 대단히 정의롭고 뛰어난 인물이라는 소문을 들으면서 나도 그에게 흥미가 생겼다. 무엇보다도 그가 영어와 프랑스어를 할 줄 알며, 따라서 직접 대화를 나눌 수 있다는 점을 알게 된 후에는 하루라도 빨리 만나보고 싶었다. 왕자를 처음 만났을 때, 나는 그에 대한 평판을 익히 들었건만 새삼 놀라지 않을 수가 없었다. 그에 대해 아무것도 제대로 알지 못했다는 느낌을 받았기 때문이다. 왕자는 세상에서 말해지고 있는 그 이상의 인물이었다.

실내로 들어서면서 왕자는 나를 비롯한 여러 여성들을 향해서 비할 바 없이 우아한 태도로 인사를 건넸다. 그는 키가 컸으며 얼핏 보기에도 나무랄 데 없는 멋진 체격을 가지고 있었다. 머리에서 발끝까지, 어떤 조각가도 그처럼 훌륭한 골격을 갖춘 남자를 다듬어내기는 어려울 듯했다. 얼굴은 그 지방 대부분의 사람들처럼 갈색에 가까운 검은색이 아니었다. 오히려 완전한 흑단이랄까, 아니면 빛나는 흑옥처럼 보였다. 깊이 꿰뚫어보는 듯한 눈매는 거역하기 어려운 엄격함이 있었으며, 눈동자의 흰자위는 치아가 그러하듯 눈빨처럼 희었다. 콧대 또한 아프리카인들 특유의 펑퍼짐한 것이 아니라 마치 로마인의 그것처럼 높았다. 그 입은 내가 지금껏 만났던 어느 누구보다도 아름다운 모양이었다. 흑인들에게서 흔히 보는 커다랗게 젖혀진 입술과는 비교할 수도 없었다.

한 치의 오차도 없이 전체적으로 균형 잡힌 그의 얼굴과 태도에는 기품이 넘치고 있었다. 얼굴색을 제외한다면, 이 세상에 그보다 더 아름답고 활기차고 우아한 사람은 없을 듯 싶었다. 진정한 미의 기준을 우아함이라고 한다면, 그에게는 무엇 하나 빠진 것이 없었다. 정성 들여 빗은 듯한 머리카락은 새의 깃털로 바깥쪽을 부풀게 하고 거기에 빗으로 살짝 눌러서 양 어깨까지 가지런히 늘어뜨리고 있었다.

출중한 외모 못지않게 그의 인품 또한 나무랄 데가 없었다. 어떤 화제에 대해서도 그는 찬탄할 만한 솜씨로 대화를 이끌어갔다. 그가 말하는 것을 듣고 있노라면 백인, 특히 크리스트교인 백인들만이 뛰어난 재치나 말솜씨를 가졌다는 생각이 얼마나 잘못된 것인가를 금방 깨달을 것이다. 지금 대화를 나누고 있는 이 사람이야말로 가장 훌륭하게 나라를 다스리고 지혜롭게 통치할 만한 사람이라는 느낌을 받게 되는 것이다. 저명한 가문에서나 상류층의 인문 학교에서 교육을 받은 그 누구에게도 못지않게, 영혼의 위대함을 품고 통치기술의 금언을 실천할 수 있으며, 권력에 대한 탁월한 감각을 지닌 인물이라는 인상을 주었기 때문이었다.

지금까지 보았듯이 정신과 신체 양쪽에서 빼어난 자질을 갖춘 오루노코 왕자는(앞서 말했던 조부의 궁에서 지내고 있을 동안), 전도유망하며 용맹하고 대담한 용사로 불리는 남자들의 경우 흔히 그렇듯이, 사랑에 있어서도 결코 둔감하지 않았다. 그것은 최고의 사랑이었다. 확신하건대, 위대한 영혼만이 가질 수 있는 그런 정열적인 사랑이었다.

3장

앞에서 말했듯이, 전투 중에 노장군이 왕자 곁에서 화살에 맞아 전사하자, 오루노코 왕자가 전사들의 장군으로 임명되었다. 그런데 전사한 노영웅에게는 유일한 혈육으로 외동딸이 있었다. 고귀한 남성에게 잘 어울릴 만한 아름다운 여인이었다. 마치 군사의 신인 젊은 마르스의 아름다운 검은 비너스와도 같이, 매력적인 자태에 정숙한 여인의 미덕을 갖춘 여인이었다. 나는 수많은 백인 남자들이 그녀의 발아래 무릎을 꿇고 온갖 사랑의 맹세를 하고 그녀의 뒷모습을 지켜보면서 한숨을 내쉬는 것을 보았다. 그들 모두에게 그것은 헛된 일에 지나지 않았다. 그처럼 아름다운 그녀가 무릎을 꿇었던 남자는 오직 한 사람. 그 나라의 왕자밖에 없었던 것이다.

전쟁이 끝나고 집으로 돌아온 오루노코는 부왕인 조부를 접견한 후, 아버지와도 같았던 노장군의 외동딸인 이모인다를 방문하는 것이 도리라고 생각했다. 어떤 식으로든 조의를 표시하고 싶었던 것이다. 그녀의 아버지 덕택으로 자신이 살아서 돌아올 수 있었기 때문이다. 또한 마지막 전투에서 포로로 잡은 노예들은 마땅히 그녀의 부친이 받아야 할 전리품이라고 생각했다.

전투에서 혁혁한 무공을 보여준 몇몇 젊은 병사들과 함께 그녀를 방문했을 때, 왕자는 '검은 밤의 여왕'이 지닌 아름다움에 놀랐다. 지금껏 한 번도 그만한 미모와 자태를 본 적이 없었던 것이다. 그녀는 슬프면서도 부드러운 미소를 띠면서 아름답고 정숙한 태도로 왕자를 맞이했다. 그녀 역시 오루노코가 거둔 눈부신 승리에 대해 이미 들어서 알고 있었다. 그토록 뛰어난 인물이 직접 그녀를 만나러 왔으므로 그녀는 두려움 속에서도 상냥한 말씨와 몸짓으로 그를 맞이하였다. 그 순간 왕자는 불굴의 자기 심장이 완전히 사로잡혀 버렸음을 깨달았으며 자신의 힘으로는 결코 그 정복자에게서 벗어날 수 없을 것이라는 점도 분명히 알아차렸다. 왕자는 넋이라도 나간 듯 말없이 서 있었다.

마침내 왕자는 그녀에게 말을 건네고 사슬에 묶인 150명의 노예를 선물로 넘겨주었다. 그의 눈빛은 그녀의 매력에 경탄하고 있음을 그대로 보여주었다. 이모인다로서는 더 이상 바랄 것이 없는 영광스러운 정복이었다. 난생 처음으로 느끼게 된 말없는 사랑의 암시를 깨달으면서 그녀는 기쁨을 느꼈다. 행복감에 잠긴 그 모습은 한층 더 아름다웠다.

왕자는 완전히 다른 기분이 되어 궁으로 돌아왔다. 사랑스러운 이모인다에 대해 직접 언급하지는 않았으나 부하들이 그녀를 칭찬하는 이야기를 듣는 것이 즐거웠다. 그들은 노왕 앞에서도 자신들이 만나본 이모인다의 매력에 대해서 서슴없이 말했고 실제보다 더 과장해서 떠들기도 했다. 그래서 궁의 곳곳에서 오직 이모인다! 이모인다! 소리가 들렸고 달리 화제로 삼을 이야기는 거의 없어진 듯했다.

오루노코가 그대로 있지 못하고 다시 그녀를 방문했다는 점은 충분히 상상할 수 있다. 더구나 그의 정열적인 성격에 비추어볼 때, 첫 만남 이후 곧바로 그녀에게 달려가 자신이 그녀를 흠모하고 있음을 고백했다는 점도 추측할 수 있다. 언젠가 그는 내게 말하기를, 자신이 무슨 신비로운 영감에 사로잡혀 그토록 부드럽고 정열적인 고백을 할 수 있었는지 스스로도 놀랐다고 했다. 그때까지만 해도 그는 사랑이 무엇인지도 몰랐으며, 또 여인과 이야기를 나눈 경험도 거의 없었기 때문이었다. 그의 말을 그대로 옮기면, "세상에서 가장 즐겁고, 새롭고, 그때까지 전혀 모르고 있던 어떤 힘이 내 마음과 입술에 사랑의 말을 가르쳐주었습니다. 내 사랑의 감정을 이모인다에게 그대로 전할 수 있었다는 건 참으로 다행한 일이었습니다"라고 했다.

왕자의 고백은 이모인다의 마음을 움직였다. 그녀는 한 번도 느껴보지 못한 기쁨으로 그의 말에 응답했다. 왕자는 사랑을 내세워 정당하지 않은 어떠한 책임도 요구하지 않았다. 다만 매순간을 사랑과 기쁨으로 채우고 싶어 했다. 그는 악덕이라는 것을 알지 못했다. 그의 타오르는 정열은 오직 명예를 위한 것이었으며, 명예가 지켜져야 하는 것이라면 사랑에 있어서도 마땅히 그러해야 한다는 듯 행동했다. 부양 능력만 되면 몇 명이라도 아내로 삼을 수는 있으나 아내를 내쫓거나 가난하고 비참한 상태로 버려두는 것을 죄악으로 여기는 그 나라에서 사랑의 명예는 특히 존중되어야 했다. 여자를 비참한 상태로 버려두는 악덕은 기독교도의 나라에서 행해지는 것이다. 그곳에서 종교란 다만 이름에 지나지 않으며, 미덕이나 도덕성은 없을지언정 그것만으로 충분하다고 여겼다.

그러나 오루노코는 결코 그런 교육을 받은 사람이 아니었다. 그는 명예심이라는 것에 대해 올바른 생각을 가지고 있었다. 그는 이모인다가 자신의 단 한 명의 아내임을 분명히 밝혔다. 설령 나라의 관습에는 어긋난다 해도 자신이 살아있는 동안은 오직 그 여인만을 아내로 삼을 것이며, 그녀가 늙고 주름이 생긴다 해도 자신의 마음은 변하지 않을 것이다. 왜냐하면 그녀의 영혼은 항상 새롭고 젊을 것이며, 지금 그녀의 아름다움을 영원히 마음에 새길 것이며, 훗날 그녀에게 더 이상 매력이 남아있지 않더라도 자신의 마음속에 간직한 지금의 영원한 모습을 되돌아볼 것이라고 이모인다 앞에서 맹세했다.

영원히 변치 않을 사랑과 언제까지나 그녀의 충실한 하인이 되겠다는 왕자의 거듭된 맹세가 있은 후에 이모인다는 그를 남편으로서 받아들이겠다고 허락했다. 아마도 그녀는 신이 자신에게 허락해준 최고의 영예로 생각하면서 왕자를 받아들였을 것이다.

이 과정에 따르는 그 나라 고유의 전통적인 절차가 있었을 테지만, 나는 상세한 내용은 잘 알지 못한다. 다만 왕자의 말에 의하면, 먼저 두 사람이 노왕인 조부에게 자신들의 생각을 전하기로 했다. 왕에 대해서는 누구나 절대적으로 복종해야 하고, 특히 그에게 노왕은 아버지를 대신하고 있었으니 당연히 따라야 할 절차였던 것이다.

한편, 많은 후궁과 시녀를 거느린 노왕은 병사들이 그 젊은 미녀에 대해 온갖 달콤한 말을 늘어놓으면서 자신의 마음을 부추기고 심란하게 하는 것이 마땅치가 않았다. 그 여자에 대해서라면, 왕은 오랜 세월을 살아오면서 자기가 소유했던 무수한 여자들 중에서도 가장 매력적인 여자들 중 한 명일 것이라는 생각이 들어서였다. 그녀에 관한 말을 들을 때면 늙은 심장은 마치 다 타버린 나무 무더기에서 갑자기 불길이 확 치솟아 오르는 것처럼, 사랑의 불꽃이 당겨지면서 타올랐다. 그리고는 젊은 시절처럼 정욕이 되살아나면서 다시 한 번 그 유쾌한 일을 해보고 싶다는 갈망으로 초조해졌다. 그러나 슬프게도! 그는 다만 무해한 놀이밖에 할 수 없었다.

왕이 권력의 힘으로 그 여자를 궁으로 초대한 다음(여자들은 왕의 침실에 시중드는 것 이외에는 궁에 초대되는 일은 없었다)

어떻게 해서 매력을 확인해볼 것인가를 골몰하고 있을 때, 이모인다가 오로노코 왕자의 아내가 될 것이 틀림없다는 보고를 받았다. 그 말을 듣자 왕은 분노가 치밀었다. 그러던 어느 날 사냥을 나섰던 왕자가 부하를 시켜 이모인다에게 보낸 선물을 왕이 대신 전해줄 기회가 생겼다. 왕은 모르는 척 시치미를 떼면서 그 여자가 왕자의 선물에 어떤 반응을 보이는지, 어느 정도로 왕자에게 마음이 기울어져 있는지 알아보고자 했다.

그 일은 실행되었다. 노왕은 이모인다를 보자마자 정열이 끓어올랐다. 소문으로 듣던 그대로였다. 그는 불 같은 정욕을 억제하기 어려웠다. 그러나 그녀의 사랑을 차지하는 일이 쉽지 않을 것이란 점도 알게 되었다. 왕자가 보낸 선물에 대해서 그녀는 아름답고 수줍은 태도로 애정이 넘치는 말을 하면서 감사와 기쁨의 표정을 감추지 않았던 것이다. 왕자를 진정으로 사랑하고 있다는 점은 의심할 여지가 없었다. 노왕은 그 점이 약간 마음에 걸렸다. 그러나 그는 그 부족의 왕이었고 왕에 대한 복종은 주민들에게 있어서는 신에 대한 복종과 다를 바 없었다. 비록 여자의 마음을 사랑으로 움직이지 못한다고 해도, 주민이라면 누구든 왕에게 절대적으로 복종할 의무가 있었다. 그 생각을 하면서 왕은 기분을 가라앉혔다.

즉시 왕은 자신의 처소로 들어가서 이모인다에게 '왕가의 베일'을 보냈다. 그것은 여자를 궁으로 정식으로 불러들이는 표식이었다. 왕과 침소를 함께 할 영예를 나타내는 베일을 받은 여자는 베일로 얼굴을 가리고 왕의 용무에 종사하는 의무를 져야 했다. 명령을 어긴다는 것은 곧 죽음을 뜻했다. 거기에 가장 나쁜 불복종이라는 수치가 더해졌다.

통지를 받고 베일을 보았을 때, 그 아름다운 처녀의 놀라움과 슬픔을 어찌 형언할 수 있을까. 그러나 꾸물거리고 있을 수도 없었다. 그것은 더 위험했다. 거부한다는 것은 반역죄보다도 나빴기 때문이었다. 금방이라도 쓰러질 것처럼 부들부들 떨면서 그녀는 베일을 쓰고 뒤따라갔다.

이렇게 해서 이모인다는 궁으로 끌려왔다. 왕은 욕실을 호화롭게 단장을 시킨 후, 휘장을 드리우고 위엄있게 앉아서 오랫동안 연모해왔던 처녀를 기다리고 있었다. 여자를 들여보내라는 명령을 받은 시종들은 그녀의 옷을 벗기고 욕실로 밀어 넣고서는 재빨리 문을 닫아걸었다. 어떤 애정의 말도 없이 왕은 곧장 여자에게 가운을 벗고 자기 품에 안기라고 명령했다. 대리석 욕조 옆에 몸을 던진 채 이모인다는 하염없이 눈물을 흘리며 자신의 말을 들어줄 것을 간청했다. 처녀의 몸으로 왕을 기쁘게 해드릴 영광을 베풀어준 점에 대해서는 무한히 자랑스럽게 생각하지만, 그러나 이미 한 남자의 아내인 여자를 취한다는 것은 법률에 따라 왕이 해서는 안 될 일이며, 또 왕의 도의에 비추어 보아도 그렇게 해서는 안 된다, 자신은 이미 다른 남자의 아내이면서 처지를 밝히지 않고 왕의 아내가 되는 일을 기꺼이 받아들인다면 그 행동은 참으로 왕으로 하여금 중대한 죄를 짓게 하는 것이라고 믿는

다고 애원했던 것이다.

　일이 자꾸 지체되고 있었으므로 노왕은 화가 났다. 그래서 자신의 허락도 없이 그녀와 같은 신분의 여자와 결혼을 한 그 대담하고 뻔뻔한 놈이 누구인지 이름을 대라고 호통을 쳤다. 왕의 험악한 눈빛과 부들부들 떨고 있는 손(그것이 노령 때문인지 분노 때문인지 모르겠지만, 그녀는 후자 쪽이라고 생각했다)을 보면서 이모인다는 자신의 간청이 지나쳤을지도 모른다는 후회가 솟구쳤다. 그 소동이 혹시라도 왕자의 신변에 좋지 못한 영향을 미칠지도 모른다는 두려움이 밀려왔기 때문이었다.

　그녀는 격노한 왕의 기분을 가라앉히고 침착하게 상대가 누구인지 귀를 기울이도록 말을 돌리면서 이런저런 다른 이야기를 늘어놓았다. 그러나 그녀의 말이 끝나기도 전에 왕은 이미 상대가 누구인지를 알고 있었다. 왕은 겉으로는 모르는 척하면서 여자에게 가운을 벗고 자신의 품에 안기라고 명령했다. 말을 듣지 않으면 그녀가 이름을 밝히지 않는 그 복된 남자, 설령 그 당사자가 오루노코라 할지라도 목을 베어버리겠노라고 신의 이름을 걸고 언명했다. "그러니" 왕이 소리쳤다. "너는 결혼 같은 것은 하지 않았다고 말해라. 그 말은 곧 네가 처녀임을 맹세하는 것이다."

　"그 점에 대해서는" 이모인다가 대답했다. "분명히 맹세할 수 있습니다. 저는 아직 남편에게 몸을 허락하지 않았기 때문입니다."

"그것으로 충분하다" 왕이 말했다. "내 양심과 심장을 걸고 그 사실만으로 충분하다."

그리고 의자에서 일어서 다가가 그녀의 손을 잡고 욕조로 데려갔다. 그녀는 더 이상 거부할 방도가 없었다.

4장

같은 시간, 사냥에서 돌아온 왕자는 사랑하는 이모인다를 찾아갔으나 그녀는 집에 없었다. 그뿐만이 아니었다. 그녀가 '왕가의 베일'을 받았다는 것이다. 이 말을 듣자 그는 폭풍 같은 분노에 사로잡혔다.

미칠 듯이 격노하여 날뛰는 왕자를 보면서 부하들은 혹시라도 그가 무모하게 자기 몸에 상처라도 입히지 않을까 걱정되어 있는 힘을 다해서 그를 달래려고 했다. 힘으로 왕자를 제압한 다음에 상황의 자초지종을 설명하면서 화를 가라앉히기 위해 할 수 있는 모든 말을 다했다. 무엇보다 왕은 너무 늙었으므로 이모인다 문제로 왕자의 명예를 손상시킬 일은 없을 것이라는 의견이 그나마 다소 효과가 있었다.

왕자는 그 말에 희망을 걸었고 한 걸음 물러서고자 했다. 그렇기만 하다면 그로서는 천만다행한 일이었고 견딜 수 있었기 때문이다. 그렇지만 그 생각만으로는 곧이어 솟구치는 다른 감정들을 막아낼 수는 없었다. 격렬하게 끓어오르다가 다시 비처럼 부드럽게 가라앉곤 하는 그런 감정들이었다. 부족의 젊은이들이 소중한 가족들에게 바치고 있는 엄격한 의무의 관념을 왕자 역시 마음에 지니고 있었던 것이다. 할아버지인 왕은 노인이었고, 그런 점에서는 자신의 명예를 다치게 할 수는 없을 것이라고 생각해 보았지만, 그럼에도 마음이 진정되지는 않았다. 주위에서는 사랑하는 여인을 잃었다고 한숨 쉬거나 탄식할 필요가 없다고 말하고 있지만, 그 점을 완전히 믿을 수가 없었다. 어떤 힘과 용기로도 평정심을 되찾을 수 없었다. 마침내 그는 큰 소리로 부르짖었다.

"오, 친구들이여! 만일 그 여인이 성벽으로 겹겹이 둘러싸인 마을로 잡혀가서 난공불락의 요새 안에 갇혀 있다면, 아니, 어떤 마법사나 괴물이 그 여인을 내게서 빼앗아간 것이라면, 나는 그녀를 자유의 몸으로 만들기 위해 어떠한 위험이라도 감수할 수 있다. 그러나 그녀가 다만 한 명의 나약한 노인의 품속에 있다면, 나의 젊음도, 열렬한 이 사랑도, 무기를 드는 일도, 승리의 영광을 구하는 이토록 큰 나의 소망도 아무 소용이 없구나. 이모인다는 내가 결코 되찾을 수 없는, 죽음의 차가운 손길이 빼앗아간 것처럼 영원히 잃어버린 것이다. 아아, 나는 그 여인을 다시는 찾을 길이 없다. 아무리 내가 지겹도록 오랜 세월을 기다린 뒤, 마침내 운명이 노왕을 공손하게 묘지로 데려갈 때가 온다고 해도 나의 이모인다는 결코 자유의 몸으로 내게 돌아올 수가 없다. 그녀는 내게는 아버지나 다름없는 왕의 아내이기 때문이다. 우리의 도덕은 부왕의 아내나 첩을 취하여 결혼하는 일을 세상에서 가장 나쁜 일로 여기고 있다. 그 관습이 나의 행복을 방해할 것이며, 설령 이 나라를 등진 채 그녀의 손을 잡고 아무도 우리를 알지 못하는 미지의 나라로 도망쳐간다 해도, 내가 어찌 자손들에게 부끄러운 선례를 남길 수 있겠는가?"

그래서 부하들은 왕자의 생각이 사실과는 크게 다르다고 주장했다. 왜냐하면 이모인다는 어디까지나 엄숙한 맹세에 따라 왕자의 합법적인 아내이며, 따라서 왕자야말로 피해자이며, 만약 왕자가 원해서 이모인다를 다시 데려온다고 해도 법을 위반한 쪽은 그가 아니라 왕이라는 반박이었다. 그리고 설령 왕자가 그녀를 오탄(이것은 왕의 첩들이 사는 후궁으로, 터키의 할렘이라고 해야 할 일종의 성곽이다)에서 되찾기 위해 노왕에게 책략을 쓴다고 해도 아무도 그 행동을 잘못되었다고 비난할 수 없다는 주장이었다.

그 의견에 대해서 왕자는 어느 정도 이치에 맞는 것으로 받아들였다. 다만 이모인다가 조부의 여자가 되었다는 생각만 잊을 수 있다면 그는 마음을 놓을 수 있었을 것이다. 그러나 그는 너무나 이모인다를 사랑했다. 그래서 자기가 진실로 바라는 믿음을 그녀의 입으로 직접 확인해보고 싶었다. 신뢰와 사랑으로 축복받은 그녀의 순결이 지켜지고 있는지의 여부는 오직 그녀만이 그에게 말해 그를 안심시킬 수 있었다. 그러나 오탄에 있는 여인들을 만나는 일은 어려운 일이었다. 왕이 후궁이나 여자들과 즐기기 위해 가는 경우를 제외하면, 어떤 남자도 오탄에 들어가지 못하도록 금지되어 있었다. 이를 어기고 들어가는 사람은 모두 사형에 처해졌다. 따라서 왕자는 이모인다를 만날 방법을 달리 강구해야 했다.

오루노코가 사랑의 아픔으로 크나큰 고통과 비애 속에서 괴로워하고 있는 동안 노왕도 고민과 불안에서 완전히 자유롭지는 못했다. 억누를 수 없는 욕정으로 자신의 대를 이을 손자에게서 둘도 없이 아끼는 보물을 빼앗았던 것이다. 그 점을 인정하면서도 그는 그럴 수밖에 없었던 자신의 입장이 괴로웠다. 문제는 이모인다가 그가 보아왔던 어떤 여자보다도 더 아름답다는 것이었다. 더구나 그녀는 놀랄 만큼 매력적인 지혜에 더하여 젊고 얌전한 여인에게 어울리는 사랑스러움과 순결함을 겸비하고 있었다. 왕은 자신의 시든 팔을 뻗어 그 예쁜 몸을 억지로 끌어안아 보았지만, 그녀는 가만히 탄식하면서 눈물을 보이며 오직 오루노코만을 그리워했다. 때로 감정에 북받치면 오르노코의 이름을 입 밖으로까지 소리 내어 부르기까지 했다. 그런 행동을 보이면 관례에 따라 죽을 수도 있다는 사실을 알면서도 말이다.

그런데 이모인다가 부르는 그 이름은 단지 그녀가 사랑하는 연인의 이름만이 아니었다. 상대방인 노왕에게는 왕자에 대한 애정을 상기시켜 주는 이름이었다. 용맹하고 사나이답다는 평판으로 칭송이 자자할 때 듣는 것만으로도 그를 기쁘게 해주던 이름이었다. 왕은 이모인다가 영웅적인 애인을 그리워하며 무한한 애정으로 그에 대한 이야기를 꺼내어도 쉽게 화를 낼 수 없었다. 노왕의 관대함에 힘입어 그녀는 더 자주 거리낌 없이 왕자의 이야기를 꺼내곤 했다.

왕은 몇 차례 왕자의 근황을 물어보기도 했다. 그런데 그가 자문을 구했던 사람들은 하나같이 왕자에게 헌신하고 복종하는 사람들이었다. 그들은 오직 자기의 충성심에 도움이 될 만한 이야기만 늘어놓았다. 즉, 왕자는 왕의 기쁨을 위해 기꺼이 이모인다에 대한 관심을 접고 선생인 수학자와 대화하고 학습에 정진하면서 축성학을 연구하고 있으며 또 부하들과 교제하고 사냥을 다니면서 걱정 없이 잘 지내고 있다는 것이다.

그 말을 듣고서 사랑에 빠진 늙은 왕은 대단히 흡족해졌다. 그는 이모인다를 불러 자기가 전해들은 이야기를 남김없이 들려주었다. 그러면서 그녀도 그 젊은 애인처럼 마음을 돌이켜 자신의 품에 안심하고 안겨도 좋다고 했다. 조금도 기쁠 리 없는 소식을 태연한 표정으로 듣는 척 가장하면서도 그녀는 북받치는 감정으로 가슴이 터질 것만 같았다. 마침내 혼자가 되자 그녀는 탄식하고 눈물을 흘리면서 슬픔의 배출구를 찾고서야 조금 마음을 진정시킬 수 있었다.

자신에 관한 여러 정보가 왕의 귀에 들어간다는 사실을 알게 된 왕자는 가능한 행동으로 그 모든 이야기들이 사실이라고 믿게 해주는 것이 좋겠다고 생각했다. 왕과 접견할 때도 그는 마음속 생각을 겉으로 드러내지 않았다. 마침내 왕은 왕자가 더 이상 이모인다의 연인이 아니라고 굳게 믿게 되었다. 그래서 오탄으로 가는 왕의 행렬 속에 종종 왕자를 불러 여자들과 함께 하는 주연에 참석하도록 했다.

그러던 어느 날, 왕을 동행했던 왕자는 이모인다의 방에 들어섰다. 그녀와 눈길이 마주치자, 왕자는 그토록 단단히 각오하고 있었음에도 불구하고 그 자리에 그대로 주저앉을 것만 같았다. 바로 곁을 지키고 있던 아본이란 젊은이가 그를 부축하지 않았다면 그는 쓰러지고 말았을 것이다. 만약 그때 왕이 왕자 쪽을 보고 있었더라면 얼굴색이 변하는 모습을 보면서 그의 내심이 발각되었을 수도 있었다. "흑인들도 얼굴색이 변한다"고 하면 껄껄 웃는 사람들이 더러 있는데, 그러나 내 생각을 말하면 그것은 크게 잘못된 생각이다. 나는 그들이 얼굴을 붉히거나 파랗게 질리는 모습을 종종 보았다. 아름다운 백인들에게서 보는 것과 마찬가지로 분명히 안색이 바뀌는 것을 볼 수 있다. 그날 두 연인이 마주쳤을 때 얼굴색이 변한 것은 누구에게나 확실히 보였을 것이 틀림없다.

이모인다는 왕자의 얼굴색이 변하는 것을 보면서 일종의 안도감을 느꼈다. 또한 자신도 그럴 것이라는 생각이 들자 왕이 자기들을 보지 못하도록 일부러 왕에게 애정표현을 하면서 관심을 돌리려고 애를 썼다. 그 모습을 보면서 왕자의 쓰라린 심장은 더욱더 비통해졌다. 그러나 왕이 이모인다가 만든 멋진 수공품을 살펴보느라 경황이 없는 틈을 타 그녀는 왕자에게 비참한 포로인 자신의 슬픔과 울분, 그러면서도 애정이 가득 담긴 눈빛을 전했다.

왕자의 눈빛 또한 냉담하지 않았다. 그 어느 때보다도 부드럽고 애타는 심정을 담은 시선으로 그녀의 눈빛에 응답했다. 왕자의 눈빛은 분명하게 말하고 있었다. 그것은 사랑의 변치 않음을 호소하는 영혼을 보여주었다. 이모인다는 그 영혼의 눈빛에서 오직 자신만이 그에게 유일한 기쁨이고 유일한 사랑임을 더 이상 의심하지 않았다. 자신의 전부를 맡길 수 있는 사람은 오직 그 남자뿐이었다. 강렬한 눈빛의 언어로써 그들은 서로의 가슴에 있는 모든 것, 즉 두 사람이 함께 완전한 행복을 찾을 기회만을 원하고 있음을 즉각적으로 교환했던 것이다.

그때 오나할(노왕의 후궁으로 지금은 이모인다의 시중을 들고 있었다)이 방 한쪽에 있는 문을 열었다. 거기에는 왕을 즐겁게 하기 위해 달콤한 술과 꽃으로 화려하게 장식된 침상이 준비되어 있었다. 왕은 자신의 제물, 즉 겁을 내며 떨고 있는 이모인다를 데리고 방으로 들어갔다. 그 광경을 지켜보는 왕자는 광포한 분노에 사로잡혔다. 분노가 소리로 터져 나오지 못하도록 억눌렀으나 그럴수록 비통함은 마음을 갈기갈기 찢어놓는 듯했다. 그는 신음소리를 내지 않으려고 애쓰며 밖으로 나갔다. 융단에 털썩 주저앉은 채 오랫동안 괴로움으로 몸을 떨면서 그대로 있었다. 가끔 깊은 숨을 내쉬면서 오, 이모인다! 소리를 내뱉았다.

오나할은 방 안에 필요한 채비가 끝나자 문밖으로 나와서 다시 왕이 부를 때까지 기다리고 있었다. 그런데 옆방에서 누군가의 탄식 소리를 듣고서 그쪽으로 갔다가 비탄에 잠긴 왕자를 발견하고 그를 도우려 했다. 그가 정신을 차릴 수 있도록 술을 가져와 마시게 했으나 소용이 없었다. 탄식과 가끔 내뱉는 이모인다라는 이름에서 그녀는 왕자가 불행한 이유를 알아차리고 그에게 그렇게까지 자신을 괴롭히지 말라고 했다. 그가 상상하는 것만큼 그렇게 심각하지 않아도 된다고 했다. 만약 자기처럼 왕을 잘 안다면 그렇게 훌쩍거리며 질투에 몸을 태우지는 않을 것이며, 또 이모인다 역시 왕자의 괴로움을 자신의 슬픔으로 여기고 있을 것이 분명하다고, 자신은 그렇게 굳게 믿고 있다고 일러주었다.

아본도 같은 의견이었다. 두 사람 모두 왕자에게 용기를 내라고 타일렀다. 세 사람은 융단 위에 둘러앉았다. 왕자는 오나할에게 여러 가지 부탁을 했다. 그녀에게 자기편이 되어달라고 설득했다. 결국 오나할은 앞으로 왕자의 부탁을 따를 것이며, 또 왕자가 어떻게 믿음을 지키며 고민하고 있는지에 대해서 그가 했던 말 그대로 이모인다에게 전해주겠다고 약속했다. 거기서 그들은 왕이 부를 때까지 이야기를 주고받았다. 오루노코는 대화 내용에 만족했다. 오나할의 말을 듣고 나자 그에게는 새로운 희망이 보였고 그래서 자기 처지를 떠나 가능한 즐거운 표정을 지으려고 했다. 잠시 후 왕자는 밖에서 기다리던 사람들과 함께 다시 방으로 불려 들어갔다.

왕의 명령으로 음악이 시작되었다. 후궁을 위시한 여러 명의 여자들이 왕 앞에서 춤을 추기 위해 나란히 들어왔다. 거기에는 이모인다도 있었다. 눈에 띄게 아름다운 그녀는 누구도 따를 수 없는 우아한 몸짓으로 자기 몫의 춤을 추었다. 그녀는 포상으로 정해진 선물을 하사받았다. 왕자는 이모인다에게서 발견한 새로운 매력과 우아함에 사로잡혀 단 한순간도 눈을 뗄 수 없었다. 꼼짝도 하지 않은 채 이모인다의 춤을 지켜보는 동안, 오나할과 아본은 소리없이 창 가까운 구석으로 갔다.

앞서 말했듯이, 오나할은 노왕의 총애를 잃어버린 후궁들 중의 한 명이었다. 이런 여인들, 즉 미모가 퇴색해버린 여자들은 새로 들어오는 젊은 여자들의 후견인이 되어 그들을 지도하고 가르쳤다. 왕의 마음을 사로잡고 기분을 맞추는 온갖 사랑의 기술을 차례로 젊은 여자들에게 가르치는 것이다. 그들의 마음 한편에는 자기의 영광을 빼앗겼다는 복수심이 숨어 있었다. 그래서 사랑의 승리에 취한 젊은 여인들이 제멋대로 방자하게 굴지 않도록 엄격하게 다스렸다. 한때는 젊음과 미모로 자신들이 누렸던 영화로움과 선물들에 대한, 그러나 이제는 영원히 떠나가 버린, 오직 피어나는 꽃들에게만 주어지는 즐거움에 대한 질투심 때문이었다.

아름다움의 퇴락만큼 괴로운 일도 없을 것이다. 한때 그토록 칭송받던 미모가 차츰 시들어지고, 자신이 누렸던 총애도 시들해져 새로운 미인들에게로 옮겨가는 것을 지켜본다는 것은, 자신도 한때는 매력적인 여성이었다고 수군거리는 소리를 듣는다는 것은 참으로 슬픈 일이었다. 따라서 왕의 총애를 잃어버린 여자들의 시간이 가져온 퇴락과 적개심은 한창 피어나는 미녀들을 향한 복수심으로 바뀌었다. 오루노코가 오나할에게 이모인다를 돌봐달라고 부탁하면서도 불안을 느낀 점은 바로 그러한 잔인함을 알았기 때문이었다. 그러나 아까 말했듯이 오나할은 그때까지도 아본과 함께 창가 쪽에 남아있었다.

아본은 인물 됨됨이나 용모가 출중한 젊고 아름다운 남자였다. 그는 왕을 수행하여 자주 오탄에 왔다. 아직 사랑의 달콤함을 잊지 못하고 있는 오나할은 아본에게 마음이 끌리고 있었다. 그녀의 얼굴은 다소 시들었다고 하지만 그러나 감정이나 지혜는 그대로였다. 그녀는 여전히 상당한 매력이 남아 있었으며, 아본 역시 그렇게 생각하고 있었다. 두 사람은 사랑의 은밀한 대화를 나누었다. 아본은 그녀에게 환심을 사는 것이 출세에 도움이 된다는 점을 알고 있었다. 궁에서 일어나는 중요한 일이나 업무를 맡아보는 사람들은 모두 그곳에 있었기 때문이었다. 아본은 오나할이 자기한테 유달리 친절하고 유혹적이라는 점을 눈치 채고 있었다. 자기와 동등한 신분에 있는 다른 남자들과 견주어볼 때, 그 점은 더욱 분명했다.

왕자가 원하는 바를 달성하기 위해서는 오직 오나할의 호의에 달려 있다는 점을 간파하고 있는 아본은 그녀의 귓가에 숨결을 불어넣으면서 부드럽고 애정 넘치는 눈빛으로 그녀의 얼굴을 쳐다보았다. 그녀가 자신이 어떤 매력을 가지고 있다는 희망을 품도록 하기 위해서였다. 그는 오나할이 자신에게 반해 있으며 또 어떻게든 자신에게 접근하려고 시도한다는 점을 알고 있었다. 그날 두 사람의 접촉은 행사가 끝나고 왕이 돌아갈 때까지 계속되었다.

그날 밤 아본은 왕자에게 상황의 진행을 보고했다. 오나할이 가진 힘을 이용하면 왕자와 이모인다와의 사랑에 큰 도움이 될 것이라고 했다. 좋은 소식을 듣고 왕자는 대단히 기뻐하면서, 그렇다면 그녀를 완전히 끌어들일 수 있도록 아본에게 할 수 있는 데까지 최대한 애정을 보여주라고 했다. 아본의 입장에서는 다만 그녀의 욕구를 맞춰주기만 하면 되는 일이었으므로 거부할 이유가 없었다.

"이렇게 되면" 왕자가 말했다. "그녀의 목숨은 네 손에 달려 있는 것이나 마찬가지다. 나를 위해서 네가 요구하는 바를 그 여자는 틀림없이 들어줄 것이다."

아본은 왕자의 말을 이해했다. 그는 자신이 상대 여자가 누구든, 아무리 능란한 요부라고 해도 그 사랑이 진실인지 가식인지 알아채지 못하도록 솜씨 있게 사랑을 나눌 수 있다고 장담하면서 왕자를 안심시켰다. 그런 다음 두 사람은 오탄으로 갈 다음 기회를 초조하게 기다렸다.

5장

전쟁이 일어나 싸움터로 나가야 할 때였다. 적과 맞서 싸우기 위해서는 왕자가 군사의 선두에 서서 전투지로 나가는 일은 결코 소홀히 할 수 없는 일이었다. 왕자로서는 이모인다를 만나기 전까지는 하루가 십년처럼 길게 느껴졌다. 그 즐거움마저 빼앗긴다면 그로서는 살아있는 어떤 보람도 없을 것이었다. 그는 견디기 힘든 조바심으로 왕의 다음 방문을 기다렸다. 마침내 그의 소원이 이루어졌다.

두 연인이 주고받았던 눈빛은 사실 완전히 비밀스러운 것은 아니어서 질투심 많은 노왕도 그것을 알아채고 있었다. 다만 왕은 아부하는 부하들의 입에서 그들도 알고 있다는 말을 듣고 싶지 않았다. 그래서 그는 왕자에게 서둘러 전장으로 나설 것을 명령했다. 왕자는 이번이 오탄으로 가는 마지막 방문이 될 것을 직감했다. 그는 아본에게 마지막 기회를 살려 최대한 성과를 거두도록 촉구했다. 또 그에게 지시하기를, 오나할, 즉 젊은 애인과의 밀회를 더 이상 미룰 수 없어진 그녀에게 상황을 잘 설명한 후에 왕자가 이모인다와 접촉할 기회를 만들도록 지시했다.

왕자와 아본은 모든 면에서 계획을 맞춘 다음, 관례에 따라 왕을 보좌하고 오탄으로 향했다. 도착한 뒤 모두가 후궁들이 추는 춤과 교태를 구경하느라 열중해 있는 동안 오나할은 그들에게서 빠져나와 아본을 불렀다. 그녀는 아본이야말로 자기가 원하는 것을 가장 잘 들어줄 사람으로 믿고 있었다. 다른 사람들에게 소리가 들리지 않을 만한 곳까지 아본을 데려간 뒤 그녀는 한숨을 내쉬면서 달콤한 목소리로 속삭였다.

"오, 아본! 언제쯤이면 당신이 이 애달픈 마음을 알아주실까요! 나는 눈빛으로 거짓을 말하고 싶지 않아서 입으로 분명히 고백합니다. 당신은 이미 제 눈빛으로 저의 불타는 사랑을 잘 알고 있을 테지요. 그렇지 않다면 나는 당신이 나를 왕에게 버림받은, 아무런 매력도 없는 여자로 여기고 있다고 믿어야 할까요? 아니, 아본, 그렇지 않아요. 내게는 아직도 사랑을 나눌 만한 매력이 남아 있어요. 설령 매력이 부족하다고 해도, 나는 당신을 즐겁게 해줄 방법을 너무나 잘 알고 있는 걸요. 애인을 가질 수도 있지만 그러나 아본, 당신이 아니라면 나는 어느 누구도 원하지 않는답니다."

"마님." 절반쯤 마음을 숨긴 채 젊은이가 대답했다. "당신은 제

눈을 보면서 이미 남자의 마음을 정복했다는 것을 알았을 것입니다. 다정한 고백의 말씀도 저를 가엾게 여기는 마음 때문이라고 믿고 있습니다. 하지만 마님, 자기 마음을 열고 이야기를 나눌 수 있는 행복한 기회가 너무도 드문 이 나라의 교제에서, 말이란 건 하찮은 것에 지나지 않습니다. 그러니 우리는 단둘이서 보내는 이 짧은 시간을 말이나 한숨보다는 더 분명한 사랑의 증표로 만들어야 합니다. 내가 간절히 원하는 바는 그것입니다."

너무나 진심어린 어조로 그런 말을 했기 때문에 그녀는 믿지 않을 수가 없었다. 왕의 부하들 중에서도 가장 뛰어난 남자를 자기 욕망의 포로로 만들 수 있다는 기쁨에 넘쳐서 그녀는 귀에서 두 개의 커다란 진주를 떼어 그의 귀에 달아주려고 했다. 아본은 그것을 뿌리치며 외쳤다.

"마님, 제가 바라는 사랑의 증표는 이런 것이 아닙니다. 기회를 주십시오. 단둘이 있을 수 있는 시간만이 나의 행복입니다."

그러나 그녀는 진주알을 억지로 그의 손에 쥐어주었다. 그리고 그의 귓가에 달콤하게 속삭였다.

"사랑에 빠진 여자의 마음을 두려워해서는 안 된답니다."

그리고는 그의 손을 잡고 말했다.

"오늘 밤 당신을 행복하게 해드리겠습니다. 오탄 너머에 있는 오렌지숲 문 앞으로 오세요. 자정 무렵 당신을 맞이할 준비를 하고 기다리겠습니다."

그 약속을 한 뒤, 둘이서 이야기하는 것을 사람들에게 들키지 않으려고 그녀는 그의 곁에서 떠났다.

아직도 여인들의 춤이 계속되고 있었다. 왕은 양탄자 위에 몸을 기댄 채 대단히 흡족한 표정으로 춤추는 여인들, 그중에서도 특히 이모인다를 지켜보고 있었다. 그녀는 어느 때보다도 사랑스러워 보였다. 자신을 향한 왕자의 애정에 변함이 없다는 기쁜 소식을 오나할로부터 전해들은 덕분에 새롭게 기운을 차렸던 것이다. 왕의 반대 편 끝에는 왕자 역시 양탄자에 기댄 채 자기 영혼의 동반자인 그녀에게서 눈을 떼지 않고 지켜보고 있었다. 그녀의 몸짓과 회전하는 방향에 따라 그의 눈길도 똑같이 움직이고 있었다. 오직 그녀만이 왕자의 시선과 영혼을 움직일 수 있었다.

자신을 지켜보는 왕자의 두 눈 속에서 무한한 기쁨과 애정이 넘치고 있음을 발견한 이모인다는 더 이상 다른 무엇에도 눈길을 두지 않았다. 자신의 스텝보다 왕자에게 더 마음을 쏟고 있는 동안 그녀는 그만 넘어질 뻔했다. 다행히도 왕자 바로 앞에서 일어난 일이었다. 순간 왕자는 양탄자에서 힘껏 몸을 솟구쳐 쓰러지는 그녀를 두 팔로 받아 안았다.

모든 사람이 그녀를 안은 채 기뻐하는 왕자의 모습을 보았다. 그는 품속에 그녀를 꼭 껴안은 채 모든 것을 잊어버렸다. 왕의 여자에게 마땅히 취해야 할 격식이나 그러한 방자한 행동에 따르는 처벌 따위는 전혀 떠오르지 않았다. 만일 그때 (자신의 안전보다 왕자의 안전을 더 중요하게 여긴) 이모인다가 짐작하게 왕자의 팔을 뿌리치고 뛰어나가 다시 춤을 추지 않았더라면, 그 행동으로 왕자를 위기에서 구해내지 않았더라면, 왕자는 그 자리에서 목숨을 잃었을 수도 있었다. 걷잡을 수 없는 질투심으로 격노한 왕은 자리에서 벌떡 일어나 모든 여흥을 멈추라고 지시했다. 그리고 이모인다를 침실로 돌아가게 하고 왕자에게는 곧바로 전투지로 떠날 것을 명했다. 만일 다음 날까지 궁 안에서 눈에 띄게 되면 반역죄를 범한 것으로 알고 사형에 처하겠다는 명령이었다.

오루노코는 안도감으로 가슴을 쓸어내렸다. 그를 아끼는 사람들 모두가 이모인다와의 포옹을 지적하면서 그의 분별없는 행동을 나무랐고 그도 자신의 잘못을 수긍했다. 그렇지만 또 다시 그런 기회가 온다면 그는 기꺼이 죽을 수도 있다고 했다.

예기치 못했던 사건으로 인해 오탄 곳곳이 소란스러웠다. 그 와중에 자기 행복이 왕자가 궁에 머물러 있을 것인지의 여부와 직결되어 있는 오나할은 누구보다 걱정스러웠다. 왕자가 떠나면 아본도 떠날 것이 분명했기 때문이었다. 두 사람은 헤어지기 전에 다시 계획을 세웠다. 그날 밤 안으로 왕자와 아본 둘이서 오탄 너머 있는 오렌지와 멜론나무의 숲에서 그녀를 만나 지시를 따르기로 했던 것이다.

슬픔 속에서 연인과 헤어진 이모인다는 밤이 깊도록 자신의 소유주인 왕의 손에 남겨져 있었다. 늙은 남자의 질투심은 그 무엇으로도 가라앉힐 수 없었다. 왕은 경솔하게 처신하지 않으려고 생각했지만, 아무리 생각해 보아도 이모인다가 오루노코의 품에 안기려고 일부러 넘어졌으며, 그래서 그 소동은 두 사람이 미리 짜놓은 계획처럼 보였던 것이다. 그렇지 않다고 주장하지만, 그녀를 믿을 수가 없었다. 그는 노인이었고 완고했다. 자기가 우려하는 바가 사실이라고 거의 확신하면서 왕은 이모인다의 처소를 떠났다.

숙소로 돌아온 왕은 부하를 시켜 왕자가 어디에 있는지, 그리고 명령을 따를 생각인지 어떤지를 알아보게 했다. 부하는 돌아와서 왕자는 출전 준비를 갖추지 않은 채 깊은 수심에 빠져 있었으며, 또 방심한 자세로 바닥에 누운 채 거의 대답도 하지 않고 있다는 보고를 전했다. 이 말을 듣자 왕은 다시 질투심에 불타올랐다. 부하에게 그의 행동을 비밀리에 감시하여 하나도 빠짐없이 전하라고 명령했다. 왕자를 숙소에서 떠나지 못하도록 하고 한 사람이나 두 사람의 밀정을 보내서 그를 감시하라고 했다.

그러는 사이 왕자가 레몬 숲으로 가기로 한 시간이 다가왔다. 왕자는 아본 한 사람만을 데리고 자기 방에서 나왔다. 그러나 오탄으로 들어오는 정문까지는 감시의 눈이 있었다. 거기서 그가 안으로 들어서는 것을 보자 감시자들은 왕자를 내버려두고 왕에게 보고하기 위해 돌아갔다.

오루노코와 아본이 들어가자 오나할은 곧바로 왕자를 이모인다의 방으로 데려갔다. 이모인다는 다가올 행복에 대해 전혀 알지 못한 채 침상에 누워 있었다. 한편 오나할은 자신에게 주어진 기회를 놓치지 않기 위해서 왕자를 그 방에 혼자 남겨두고 재빨리 나가 사랑하는 아본을 데리고 자기 방으로 갔다. 거기서 아본은 자신이 할 수 있는 가장 다정한 태도를 보여주었다. 왕자에게 기회를 주기 위해서였다. 그는 침대에서 고분고분 오나할의 애무에 몸을 맡겼다.

왕자는 부드럽게 이모인다를 깨웠다. 왕자를 발견한 그녀는 너무 기뻐서 놀랄 틈도 없었다. 그러면서도 온갖 두려움으로 몸을 떨고 있었다. 나는 왕자가 그 젊은 처녀에게 사랑의 권리를 행사하기 위해 자기의 것이 되어달라고 설복하는 말 따위는 한 마디도 하지 않았을 것으로 믿고 있다. 그녀 또한 그토록 그리워했던 그의 팔에 안기는 것을 오래 거부하지는 않았을 것이다. 마침내 기회가 온 것이다. 밤의 어둠, 침묵, 젊음, 사랑, 그리고 욕망, 왕자는 곧 승리를 거두었다. 그의 늙은 할아버지가 몇 개월씩이나 공들이고 있었던 그것을 한 순간에 소유했다.

젊은 두 연인이 느낀 만족감은 상상할 수 없을 정도였다. 또한 그녀의 고백, 즉 그날 밤까지 자신은 어떤 오점도 없는 순결한 처녀였다는 것, 그때까지 노왕과 있었던 관계는 왕자에게 바친 처녀로서의 명예를 결코 훼손시킬 수 없다는 것, 자비롭고 정의로운 신들이 그녀로 하여금 약혼자인 왕자를 위해 그 소유물을 온전히 보존할 수 있도록 지켜주었다는 것 등을 맹세했다는 것도 그러했다. 그녀의 사랑스런 입술로 너무도 달콤한 말을 듣고 있는 동안 왕자가 맛본 황홀감도 달리 표현할 길이 없을 것이다. 그는 그토록 오래 연모해왔던 그녀의 몸을 힘껏 안았다. 갑작스런 이별을 제외하면 그 무엇도 그를 괴롭힐 수 없었다.

그러나 왕자는 불가피하게 왕의 명령을 따라야 했으며, 그러므로 여기서 만족하고 헤어져야 한다고 말했다. 자신이 누렸던 즐거움은 오직 자신만의 것이며, 노왕이 지금까지 빼앗아가지 못했듯이 앞으로도 그의 명예를 다치게 할 수 없을 것이라고 그는 믿었다. 다른 경우라면 결코 감당할 수 없었을 베일의 굴욕도 어쩌면 그녀가 다른 남자의 아내가 되어버린 경우보다는 차라리 잘된 편이라고 생각했다. 설령 그녀가 왕의 품에 안겨 있다고 해도 그 안전과 순결을 믿었던 것이다. 그럼에도 만일 그녀가 그 '왕가의 베일'이라는 영예를 받는 것을 피할 수만 있었더라면, 세계 정복의 원정을 나서는 길이라고 해도 자신은 모든 것을 포기했을 것이다.

서로를 끊임없이 애무하면서 두 사람은 그런 말들을 다정히 나누며 젊음과 아름다움의 쓰라린 운명을 슬퍼했다. 그녀의 운명은, 왕국의 모든 젊은 여자들이 부러워하고 목표로 삼을 만한 신분상승의 무자비함에 쉽게 빠져들 수도 있었지만, 그들 사이에서는 전혀 손상될 수 없는 영예가 되었다.

이렇듯 두 사람이 시간이 흐르는 것도 잊고, 또 곧 날이 밝으면 하나뿐인 행복을 뿌리치고 떠나야 한다는 사실도 잊고서 달콤한 시간을 보내고 있는데, 갑자기 오탄 안이 시끄러워지면서 낯선 남자들의 목소리가 들렸다. 그 소리를 듣자 왕자는 겁을 내는 이모인다의 품에서 빠져나와 항상 몸에 지니고 다니는 작은 손도끼를 찾았다. 무장을 채 갖추기도 전에 몇 명의 상대가 방문 앞에서 문을 열려고 했다. 그들이 강제로 문을 여는 것을 막을 수 없음을 알고서 오루노코는 위엄 있는 목소리로 호령했다.

"누구든지 무례하게 이 방에 들어오려고 하는 자는 나, 오루노코 왕자가 차례대로 죽여주겠다. 그러니 물러가라. 알겠느냐. 오늘 밤 이곳은 나와 나의 연인에게 주어진 성스러운 장소이다. 내일은 왕에게 되돌려줄 것이다."

분명하고 대담한 목소리로 선언했기 때문에 그들은 문밖에서 다음과 같이 대꾸했다.

"우리는 왕의 명령을 받아 왔습니다. 그러나 왕자님의 목소리를 들었으니 방에 들어간 것과 다를 바 없습니다. 이제 돌아가서 왕의 우려가 사실이라는 점을 보고할 것입니다. 친구로서 조언하건대, 왕자님 신변의 안전을 도모하십시오."

이 말을 남기고 그들은 떠났다. 왕자는 사랑하는 이모인다에게 슬프고도 짧은 이별을 고했다. 그녀는 자신이 가진 매력을 발휘하여 거처에 무장한 남자가 강제로 침범해서 놀랐다는 말로써 질투에 찬 왕의 분노를 무마시킬 수 있다고 믿었다. 지금 그녀가 걱정하는 일은 오직 왕자의 생사뿐이었다. 그래서 그녀는 왕자에게 전투지로 떠나도록 서둘렀다. 한 시도 지체 없이 출발하도록 설득했다. 그녀뿐만이 아니라 아본과 오나할도 간청을 거듭하면서 자신들이 그럴 듯한 거짓말로 반드시 이모인다의 안전을 지키겠다고 보장했다. 그리하여 왕자는 가슴이 찢어지는 듯한 슬픔에 눈을 감고 깊은 한숨을 내쉬면서 그들과 헤어져 전장을 향해 떠났다.

잠시 후 왕이 직접 오탄으로 건너왔다. 분노에 넘치는 눈으로 이모인다를 바라보면서 왕은 그녀의 부정한 행동과 배신을 무섭게 추궁했다. 이모인다는 왕이면서 애인인 그의 앞에 엎드려 눈물로 바닥을 적시면서 자신의 의지와는 상관없이 범해진 죄를 용서해달라고 애원했다. 오나할도 함께 엎드린 채, 자신이 모르는 사이에 왕자가 방 안으로 뛰어 들어 이모인다를 욕보인 것이라고 증언했다. 오나할의 증언은 그녀의 양심과는 정반대였지만, 목숨을 부지하려면 어떤 거짓말이라도 해야만 했다.

그러나 그녀는 그런 증언을 해도 왕자를 위태롭게 할 수는 없다는 점을 알고 있었다. 왕자는 지금 바로 그의 신변에 위험이 닥치게 되더라도 모두가 그의 편이 되어줄 병사들에게로 피신했기 때문이었다. 왕은 이모인다가 몸을 허락했다는 마지막 말을 듣게 되었을 때, 복수의 방법을 바꾸기로 마음먹었다. 자기 손으로 그녀를 죽이려던 생각을 바꾸어 일단 살려두기로 작정한 것이다.

아들이나 아버지, 또는 형제가 소유했던 여자를 다시 건드린다는 것은 그들 사이에서는 가장 중대한 죄에 해당되었기 때문이었다. 이제 왕은 더 이상 자기가 안을 수 없는, 더럽혀진 여자로서 이모인다를 지켜볼 수밖에 없었다. 그렇다고 해서 그녀를 손자에게 보낼 수도 없었다. 그녀는 이미 '왕가의 베일'을 썼던 여자였기 때문이었다. 그래서 왕은 오나할과 함께 이모인다를 오탄에서 쫓아내기로 했다. 즉 두 사람을 다른 나라, 그곳이 기독교도의 나라든 이교도의 나라든 상관없이 어디든지 노예로 팔아버리라는 명령을 내리고 믿을 만한 부하의 손에 그들을 넘겼다.

    그것은 죽음보다 더 무서운 잔혹한 선고였다. 두 사람은 그 명령을 취소해줄 것을 애원했다. 그러나 소용이 없었고 왕의 명령은 그대로 집행되었다. 모든 것이 비밀리에 진행되었으므로 오탄 안에서나 밖에서나 누구 한 사람 두 번 다시 두 사람의 모습을 보지 못했고 그 운명도 알지 못했다.

6장

노왕도 선고를 내리기까지 대단히 망설였다. 그러나 마음을 정한 후에는 그 결심을 끝까지 밀고 나갔다. 그는 자신이 그 일을 잘 처리했다고 믿었다. 뒤늦게 왕은 자신의 애정이 옳지 못했다는 것, 따라서 신들이나 '구름의 수령'(그들은 알지 못하는 힘을 이렇게 불렀다)이 그런 도리에 어긋난 일에 더 좋은 결과를 가져다줄 리는 없다는 생각을 하게 되었다. 그래서 왕은 오루노코를 방면할 만한 근거를 찾기 시작했다. 왕자가 그렇게 행동하게 된 이유는 왕도 잘 알고 있었던 사실이고, 지금은 누구나 왕 앞에서도 왕자가 진심으로 이모인다를 사랑했다고 장담하고 있었다. 왕이 격분했을 때는 정반대로 말했던 사람들도 지금은 솔직하게 그렇다고 말했다.

더구나 왕은 이미 늙었고 전쟁이 일어나면 자기 몸을 지키는 일도 어려웠다. 뿐만 아니라 혈육으로 한 명의 아들도 살아 있지 않고 다만 한 사람, 즉 손자인 왕자만이 자신의 왕위를 물려줄 계승자였다. 그 왕자가 자기의 정부라기보다는 왕비라고 부를 만한 여인을 강간하고 지금은 그녀를 완전히 잃어버린 불행한 남자라는 점에 생각이 미쳤다. 노왕은 혹시라도 왕자가 자포자기의 심정으로 죄의 장본인인 자신, 즉 늙은 조부에게 해를 가하지 않을까, 아니면 왕자 스스로 어떤 끔찍한 자해 행위를 하지나 않을까 불안한 기분이 들었다. 분노로 눈이 어두워져 이모인다를 극형으로 다스린 점도 후회스러웠다. 죄를 범했으니 그에 마땅한 사형에 처하는 편이 좋았을 것이라는 생각도 들었다. 비천한 하녀 취급을 하여 노예로 팔아넘길 게 아니라 차라리 명예롭게 죽음을 택하게 하는 것이 그런 신분의 처녀에게 합당한 경의를 표시하는 것이었다. 노예로 팔려간다는 것은 무엇보다 큰 형벌이고 수치스러운 일이기 때문에 그들은 차라리 죽음을 내려달라고 끝없이 애원했다. 이모인다도 그렇게 했으나 결국 그녀는 명예를 지키지 못하고 말았던 것이다.

그 모욕에 대해서 오루노코가 대단히 분노했을 것이 분명했다. 그 생각을 하자 왕은 자신의 성급했던 처사에 대해 변명거리를 찾아내고 싶었다. 이런 이유로 왕은 전투지로 사람을 보냈다. 그 사건에 대해 왕자에게 자비를 구하고 그의 분노가 가라앉도록 방법을 강구하도록 명령을 내린 것이다. 그러면서 이모인다가 노예로 팔려갔다는 점에 대해서는 절대 함구하고 비밀리에 사형에 처해졌다고만 전하라고 했다. 그녀가 팔려간 것을 알면 왕자는 결코 자기를 용서하지 않을 것을 알았기 때문이었다.

왕의 사자가 도착했을 때 왕자는 막 싸움터에 나가려던 참이었다. 궁에서 사자가 도착했다는 말을 듣자 곧바로 그를 막사로 불러들여 반갑게 껴안았다. 그러나 그의 어두운 표정 앞에서 곧 기쁨이 사라졌다. 왕자는 머뭇대고 있는 그에게 방문한 목적을 빨리 말하라고 재촉하면서 한꺼번에 이것저것을 물었다. 모두 이모인다에 관해서였다. 하지만 대답을 기다릴 필요는 없었다. 모든 질문에 대해서 심부름꾼은 눈빛이나 한숨으로 대답을 대신하고 있었기 때문이었다.

마침내 사자는 왕자의 발밑으로 몸을 던졌다. 말을 꺼내기조차 무섭지만 그럼에도 간청할 수밖에 없는 사람들이 흔히 그렇듯, 너무나도 순종적인 태도로 왕자의 발에 입을 맞추며 애원했다. 지금부터 자기가 아뢰는 말을 왕자다운 관대함과 영웅적인 태도로 냉정하게 들어주기를 청하면서 불명예스러운 일로부터 자신을 지키려고 했다. 오루노코는 깊은 한숨을 내쉬면서 기운 없는 목소리로 대답했다.

"나는 어떤 괴로운 일이라도 견딜 각오가 되어 있다. 나는 네가 이모인다가 더 이상 없다는 말을 할 것임을 알고 있다. 더 이상 말할 필요는 없다."

그는 사자에게 일어나라고 명령한 뒤에, 튼튼하게 지어진 임시숙소의 융단에 몸을 기댄 채로 완전히 침묵했다. 숨소리조차

들리지 않았다. 그가 다소 기운을 차리자 사자는 왕자가 아직 잘 모르는 점을 아뢰어 자신의 소명을 다하게 해달라고 청했다. 왕자는 큰소리로 대답했다. "그렇게 하라."

사자는 노왕이 이모인다에게 행했던 잔혹하고 성급한 처사에 대해 매우 후회하고 있다고 전했다. 그 점에 대해 왕자에게 용서를 구하는 바이며, 또 왕자가 사랑하는 사람을 잃은 슬픔으로 지나치게 상심에 빠지지 않기를 원한다고 했다. 어떤 신도 이제 와서 그 사람을 되돌려줄 수는 없겠지만, 그러나 왕자가 원하는 바를 요청하면 명예를 보상받을 기회를 줄 것이며, 그래서 그 모든 수치의 결과인 죽음에 관하여, 왕자와 기력 없는 노인인 왕 사이의 묵은 계산을 깨끗이 해결할 수 있을 것이라고 전했다.

오루노코는 주군인 왕에게 돌아가 다음과 같은 말을 전하도록 했다. 왕과 자기 사이에는 해결해야 할 복수와 같은 묵은 계산은 없다. 비록 있다고 해도 죄를 지었으니 죽음을 내리는 것은 당연하며, 또 나이와는 상관없이 그 죽음으로 깨달은 바가 있으니 그가 받을 영광의 몫은 신의 호의를 입은 더 영예롭고 촉망받는 젊은이들에게 기꺼이 양보하는 것으로 만족하겠다. 그리고 두 번 다시 무기를 잡지 않고 화살에 활을 매지 않을 것이며, 남아 있는 짧은 여생 동안 주군이자 할아버지인 왕이 그토록 젊고 순결하고 아름다운 사람을 이 세상에서 떠나보내는 것이 옳다고 생각했다는 점에 대해서 자신은 눈물과 한숨 속에서 끊임없이 생각하게 될 것이라는 말도 덧붙였다.

이 말을 마지막으로 어느 누구도 왕자를 자리에서 일어나게 할 수 없었다. 높은 직책의 지휘관이나 출중한 무공을 갖춘 사람들이 찾아와서 사태를 해결하고 행동을 취해줄 것을 요청했지만 허사였다. 왕자는 모두 물러가라고 지시한 후 막사 밖으로 나오지 않았다. 적이 언제 쳐들어올지 모르는 다급한 상황에서, 더 이상 지체하고 있을 수 없었던 장수들이 직접 왕자를 만나러 왔다. 겨우 입장을 허락받은 그들은 융단의 발치에 얼굴을 묻고 엎드린 채 부디 전 군사를 이끌고 싸움에 임해줄 것을, 그래서 적에게 승리를 허용하지 말 것을 탄원했다. 세상에 대해서 왕자로서의 명예를 소중히 여길 것과, 그의 용맹함과 행동에 충성을 다하는 부하들을 돌이켜 생각해줄 것을 호소했다.

그러나 왕자는 그 모든 절절한 호소에 대해서 오직 다음과 같이 대답할 뿐이었다. 자기에게는 더 이상 명예도, 세상의 일도 상관이 없으며 마음을 둘 만한 가치가 없는 사소한 일만이 남아 있을 뿐이다. 그러니 "물러가라," 왕자는 한숨을 내쉬며 말을 이었다.

"명예라면 너희들이나 나누어 가져라. 그토록 헛된 자랑을 마음껏 누려라. 나는 나를 반겨준 운명 속에 남을 것이다."

그러자 장수들은 자신들이 어떻게 해야 할지, 혼란에 빠진 용감하고 강한 젊은 병사들이 명령에 불복하여 적들의 먹이가 되지 않으려면 누구를 장군으로 내세워야 할지에 대해 알려달라고 했다. 왕자는 더 이상 번거롭게 하지 말라며, 신분이나 태생 같은 것은 상관없으니 가장 용감한 사람을 택하라고 말했다. "여러분," 왕자는 말했다.

"내 말은 지위가 높다고 해서 그 사람이 용맹하고 덕을 갖추었다고 할 수 없으며, 또한 혈통이 좋다고 해서 용기 있고 너그럽고 행복한 사람이 아니라는 뜻이다. 신의 창조물 중에서도 가장 비참하게 버림받은 이 오루노코를 본다면 내 말을 믿을 수 있을 것이다."

이 말을 마치고 왕자는 몸을 돌린 채 어떤 탄원이나 간청에도 더 이상 대답이 없었다.

장수들은 헛된 걸음으로 돌아갔다. 그들의 낙담한 기색과 어두운 표정을 보면서 병사들은 곧 불운이 닥쳐오리라는 예감을 받았다. 안전하게 방어전선을 갖추기 전에 적들이 먼저 공격해올 것이라는 두려움에 사로잡혔다. 군사의 사기를 드높이기 위해서는 왕자가 직접 나서는 길밖에 없었다. 당분간은 아본이 선두에서 명령을 내리며 지휘하겠지만 무엇보다 그들의 용기와 전의를 북돋우며 이끌어줄 장수가 필요했다. 혼란에 빠진 병사들의 적에 대한 공격력은 보잘 것 없었다. 결국 적의 눈앞에서 총퇴각이 있었고 막사 가까이로 밀려나면서 수많은 병사들이 목숨을 잃었다. 그날의 전투로 후대까지 칭송을 받았던 아본의 용맹성도 방어력을 잃고 달아나는 병사들을 통솔할 수는 없었다.

후방에서 왕자의 막사 근처를 지키고 있던 병사늘은 눈앞에서 적에게 밀려 들판의 사방으로 거미들처럼 흩어지며 달아나는 광경을 보고 곧바로 왕자가 있는 곳으로 가서 소리를 질렀다. 이 때문에 이틀 동안 누구도 가까이 하지 않은 채 죽은 듯이 상실의 아픔을 달래고 있던 왕자가 깨어났다. 굳은 결심을 세웠으나 위험에 처한 부하들을 내버려둘 만큼 그렇게까지 비탄에 잠겨 있지는 않았던 것이다. 그는 침상에서 벌떡 일어서며 소리쳤다.

"좋다, 어차피 죽을 목숨이라면 명예롭게 죽음을 맞이하겠다. 침상에서 게으르게 뒹굴면서 끝없는 쾌락에 매달리거나 순간순간 갖은 번민으로 시달리다가 죽고 싶지는 않다. 또 비굴한 모습으로 적군의 손에 넘겨져 사랑의 열병으로 칭얼대면서 젊은 승리자, 쟈몬의 승리를 찬양하며 노예로 살아갈 수는 없다. 그보다는 군사들의 맨 앞에 서서, 승리감에 취해 파도처럼 밀려오는 적들과 맞서 싸우는 편이 나, 오루노코에게 어울리는 길이다."

이렇게 외치는 동안 부하들은 이미 왕자에게 전투에 나설 무장과 채비를 해주고 있었다. 왕자는 그 어느 때보다 더욱 당당하고 힘차게 막사를 나섰다. 그 모습은 실로 조국을 파멸에서 구하고자 하늘이 보낸 무예의 신과도 같았다. 부하들이 온갖 빛나는 장식물들로 왕자의 위엄을 갖추어 주었으므로 그 위용은 하늘을 찌르는 듯 보는 사람들로 하여금 두려움에 떨게 하는 것이었다.

그는 부하들을 추격하고 있는 적진의 중심으로 뛰어들었다. 절망에서 솟아난 용감성으로 마치 죽음을 찾고 있기라도 하는 듯 맹렬하게 싸웠다. 사람의 힘이라고는 믿기 어려운 솜씨였다. 그의 용맹함은 곧 부하들에게 새로운 용기와 전의를 불러일으켰으며, 그들도 역시 목숨을 걸고 싸우기 시작했다. 모든 병사들이 그 놀라운 영웅 앞에서 조금도 지지 않겠다는 각오라도 한 것처럼 보였다. 전투의 형세가 바뀌면서 왕자는 그날의 운명을 결정적으로 역전시키며 완전한 승리로 이끌었다. 운 좋게도 적의 장군인 쟈몬과 일대일로 맞붙어서 그에게 치명적인 상처를 입혀 직접 그를 포로로 잡을 수 있었다.

왕자는 후에 쟈몬을 무척 아끼게 되는데, 그는 용맹하면서 뛰어난 자질을 가진 재능 있는 남자였다. 그래서 왕자는 관습에 따라 지위고하에 상관없이 경매에 붙이거나 시장에 내놓거나 하는 포로들 사이에 그를 보내지 않고 궁에 남도록 조치했다. 거기서 쟈몬은 이름만 포로일 뿐, 달리 어떤 제재를 받지 않았다. 그는 두 번 다시 자기 나라로 돌아가지 않았다.

그도 역시 오루노코에게 진정한 우정을 품고 있었다. 그래서 온갖 사랑 이야기나 영웅들의 무용담을 들려주면서 우울과 번민에 시달리는 왕자의 기분을 달래주었다. 왕자가 직접 들려준 말에 따르면, 만일 그때 그 귀공자나 아본, 그리고 어린 시절부터 함께 했던 프랑스인 교수와의 대화가 없었다면, 자신은 틀림없이 우울증으로 죽었을 것이라고 했다.

교수에 대해서는 앞서 이야기했다. 그는 뛰어난 지혜와 독창성과 풍부한 학식을 갖춘 인물이었다. 그는 자기가 가진 모든 것을 젊은 제자의 심중에 불어넣어주었다. 어떤 이단적인 사상을 품었기 때문에 모국에서 추방된 전력이 있는 이 프랑스인은 신앙심은 없었으나 그럼에도 마땅히 칭찬받을 만한 덕과 용감한 정신의 소유자였다.

전투지에 시체로 버려졌거나 아니면 달아났거나 간에 쟈몬의 군사는 완전히 격파되었다. 그후 오루노코는 병사들과 함께 캠프에 조금 더 머물렀다. 오루노코가 곧바로 궁으로 돌아가서 불과 얼마 전에 겪었던 고통스런 상실의 고뇌를 겪기보다는 차라리 그곳에 남아 있기를 원했기 때문이었다.

장수들은 왕자가 지닌 불행의 원인을 보았고 잘 알고 있었기 때문에 왕자가 즐길 만한 여러 오락거리나 여흥을 생각해냈다. 그래서 야외나 막사 안에서 유쾌한 놀이를 함께 하면서 왕자는 가까운 친구들이나 부하들과 이야기를 나누면서 시간을 보냈다. 그러면서 이모인다의 죽음이 가져온 충격으로 죽음과도 같은 절망적인 고뇌와 비탄도 조금씩 잊을 수 있었다. 그럴 때쯤 왕으로부터 궁으로 돌아오라는 자비롭기 그지없는 어조의 전갈을 받았다. 왕자는 완전히 마음이 내키지는 않았지만 곧 명령을 따랐다.

7장

궁으로 돌아간 왕자는 다시 눈에 띄게 변한 모습이었다. 오랫동안 이전보다 더욱 우울해진 상태로 지냈다. 그러나 시간의 힘은 아무리 지극한 슬픔일지라도 가라앉게 하고 중화시켜 결국 무심해지도록 해주는 것이다. 그렇긴 하지만 왕자는 더 이상 어떤 미녀에게도 관심을 보이지 않았다. 사람들이 그를 온갖 종류의 관능적인 놀이에 끌어들이려고 애를 써도 소용이 없었다. 자신의 젊음과 다른 사람들의 야심이나 계획에 따라 초대에 응한 경우에도 마찬가지였다.

마지막 전투에서 귀환했을 때 그는 젊은 승리자에게 바쳐지는 열렬한 환영과 축하를 받았다. 그가 궁에서 돌아온 승리자로서 거의 신과 같은 존재로 사랑받으며 지낼 즈음, 영국 상선 한 척이 항구에 도착했다. 배의 선장은 몇 차례 이 나라를 방문한 적이 있어서 오루노코도 아는 사람이었다. 그는 그 선장과 노예 거래를 한 적이 있었으며, 배의 선주와도 전부터 종종 교역했던 일이 있었다.

선장은 그러한 일에 종사하는 사람들 치고는 대화 솜씨나 어법이 세련되었으며, 가문이나 업무능력도 좋은 축에 속했다. 그에게는 일생을 바다에서 보낸 사람이라기보다는 오히려 성에서 자란 사람처럼 보이는 면이 있었다. 그래서 선장은 이곳을 방문하는 많은 무역상들 중에서도 궁의 사람들에게 환대를 받았다. 특히 오루노코로부터 좋은 대우를 받았다. 유럽식의 교양을 풍부히 갖추고 있는 오루노코는 백인들, 특히 유능하고 현명한 남자들과 교제하는 것을 좋아했기 때문이었다.

왕자는 선장에게 많은 수의 노예를 팔았다. 그리고 선장이 보여준 호의와 경의에 대한 답례로 선물을 주면서 가능한 오래 궁에 체류할 수 있게 해주었다. 이러한 배려를 선장은 대단한 명예로서 받아들였다. 그는 거의 날마다 왕자를 방문하여 지구의나 지도, 수학적인 담론들, 악기 종류에 대해 이야기를 나누며 함께 식사를 하고 술을 마시고 사냥을 하며 지냈다. 그들은 아주 친밀한 사이가 되었다. 선장이 용맹한 젊은 왕자의 환심을 완전히 사고 있다는 점은 분명해 보였다. 선장은 왕자의 호의에 대단히 감사드리며, 그 보답으로 자신이 떠나기 전 언제라도 식사를 대접하고 싶다면서 자신의 배로 직접 방문하는 영광을 베풀어줄 것을 요청했다. 왕자는 초대를 기꺼이 받아들여 약속 날짜를 정했다. 한편 선장은 힘이 미치는 한 만사에 빈틈이 없도록 철저히 준비를 해두었다.

약속한 날이 되자 선장은 고급스러운 융단과 벨벳 쿠션으로 화사하게 장식한 보트를 저어 해변까지 왕자를 맞이하러 왔다. 또 다른 긴 보트에 사람들이 나팔을 불거나 음악을 연주하면서 환영했다. 이를 보면서 왕자는 매우 흡족했다. 왕자는 프랑스인 교수와 쟈몬, 아본, 그 외에 백 명 가량의 신분이 높은 젊은이들을 대동하고 해변에서 선장을 맞았다. 그들은 제일 먼저 왕자를 선박으로 인도한 뒤에 나머지 사람들을 보트에 싣고 갔다. 선상에는 온갖 종류의 고급와인과 음식들이 차려져 있었다. 선박이라는 장소를 생각하면 그보다 더 멋진 환대는 있을 수 없었다.

사람들과 어울려 독한 펀치주와 여러 종류의 포도주를 마시자 (여흥에 결례가 되지 않도록 조심하고 있었는데), 왕자는 기분이 좋아져 선박에 대해 극구 칭찬했다. 그는 지금까지 배를 타본 적이 없었다. 그래서 점잖은 태도로 안으로 들어가 살펴보고 싶다는 호기심이 생겼다. 크게 취하지 않은 다른 사람들도 마찬가지로 신기해하며 관심이 가는 대로 유쾌하게 둘러보며 돌아다녔다.

그러자 선장은 미리 짜놓은 계획대로 모든 손님들을 체포하라는 신호를 보냈다. 왕자가 배의 어느 부분을 잘 보기 위해 짐칸으로 들어서는 순간, 선장의 부하들이 그를 덮쳐 굵은 철사로 단단히 결박하여 재빨리 가두어버렸다. 포로가 되어버린 것이다.

동일한 배반행위가 다른 사람들에게도 행해졌다. 선박의 곳곳에서 눈 깜짝할 사이에 철사줄에 결박된 채 노예의 몸으로 추락했다. 그 엄청난 계획이 실행되자 그들은 서둘러 힘을 다해 돛을 올렸다. 바람도 그 모반행위에 가세한 듯 순풍이었다. 배는 그런 대접을 받을 줄은 꿈에도 생각지 못했던 죄가 없는 고귀한 상품을 싣고 해변에서 멀어졌다.

이 사건에 대해서 선장이 대담한 사람이라고 칭찬하는 사람도 있을 것이다. 그런 주장에 대해서는 나는 언급하고 싶지 않으며, 독자 여러분의 판단에 맡기겠다. 다만 왕자가 그러한 모욕에 대해 얼마나 분개했는지에 대해서는 쉽게 상상할 수 있다.

왕자는 덫에 걸린 사자와도 같았다. 견딜 수 없는 분노로 필사적으로 족쇄를 풀려고 발버둥을 쳤지만 소용이 없었다. 실로 교묘하게 수갑과 족쇄를 채워놓았기 때문에 노예의 몸으로 전락한 상황에서 자신을 지키기 위해 스스로 목숨을 끊으려 해도 손조차 사용할 수 없었다. 포박된 위치에서 배의 단단한 부분에 머리를 부딪쳐 끝장내고 싶어도 몸을 움직일 수도 없었다.

어떤 방법도 불가능했으므로 왕자는 음식을 끊기로 결심했다. 그 생각을 하면서 왕자는 겨우 마음을 가라앉히고 분노와 모욕으로 지치고 무너진 몸을 바닥에 뉘였다. 그리고 비참한 심정에서 죽음을 결심한 채 가져오는 식사를 일절 거부했다.

그러자 선장은 조금 당황했다. 왕자가 데려온 다른 사람들도 그와 같은 결심이라는 것을 알게 되자 너욱 난감해졌다. 많은 멋진 노예들, 키도 크고 한눈에 보아도 그처럼 훌륭한 노예들을 잃는다는 것은 결코 있어서는 안 될 일이었다.

    선장은 한 사람을(그는 자신의 모습을 보이고 싶지 않았다) 심부름꾼으로 내세워 오루노코에게 보냈다. 선장이 왕자에게 전한 말은, 분별없이 매정한 행위를 하게 되어 대단히 유감으로 생각한다. 그러나 이제 해변에서 아주 멀어졌기 때문에 지금 와서 사태를 되돌릴 수는 없다. 선장은 자신의 행위를 정말로 후회하고 있다. 그래서 마음을 고쳐먹고 다음 육지에 닿는 대로 왕자와 그 동료, 모두를 내려줄 것을 분명히 약속할 수 있다. 단 왕자가 다시 살겠다는 결심이 서야 한다는 조건이었다. 오루노코는 태어나서 지금까지 자신이 약속한 일, 더구나 굳게 맹세한 일은 결코 파기하지 않는다는 것을 자랑으로 여기고 있었으므로 즉석에서 그 남자가 한 말을 믿었다.

    그러나 왕자는 서약의 증거로 치욕적인 수갑과 족쇄를 풀어줄 것을 원했다. 그 소망은 선장에게 전달되었다. 이에 대해서 선장은 자기가 왕자에게 정말로 큰 죄를 지었기 때문에 그가 배에 있을 동안 자유롭게 놓아준다는 것은 도저히 안 되는 일이다, 왜냐하면 왕자는 천성적으로 용감한 사람이며, 복수심 때문에 그 용기가 더욱 강해졌을 것이며, 따라서 왕자를 풀어주게 되면 선장 자신에게나 또 배의 최종적인 주인인 국왕에게 어떤 치명적인 폭동 행위가 일어날 위험이 있기 때문이라는 대답이 돌아왔다. 이에 대해 오루노코는 자기의 명예를 걸고 질서를 지키고 우호적인 행동을 하겠으며 또 국왕에게 소속된 배의 주인인 선장과 그 휘하의 선원들의 편에서 선장의 명령을 따를 것을 굳게 맹세한다고 대답했다.

이 대답은 다시 의심 많은 선장에게 전해졌다. 그는 자기가 믿는 신에 대해서 그 개념도 의미도 알지 못하는 야만인을 어떻게 믿고 풀어줄 수 있겠느냐고 했다. 이에 대해 오루노코는, 그 신이 어떤 신이든, 믿음이 요구되는 상황에서 믿어서는 안 된다는 것을 원칙을 내세우는 신을 선장이 따르고 숭배하는 것처럼 생각되며, 그 점은 매우 유감이라고 했다. 그러나 그들은 말했다. 불신의 원인은 서로의 믿음이 다르기 때문이다, 선장은 위대한 신의 이름으로 맹세했으며, 그에게 이의를 제기하는 것은 한 사람의 기독교도의 말이다, 그러나 만일 그가 위대한 신에게 바친 맹세를 깨뜨린다면, 그는 내세에 이르기까지 영원히 고통 받게 될 것이다. "이것은 모두 그가 자신의 맹세를 지켜야 할 의무가 아니겠는가?"

오루노코가 대답했다. "선장에게 알려라. 나는 명예를 걸고 맹세한 것이다. 내가 만일 나의 맹세를 깨뜨리면, 나는 비열한 자로서 세상의 모든 용감하고 정직한 사람들에게 멸시당하며 영원한 괴로움을 맛보게 될 것이다. 또한 그런 행동은 전 인류에게 있어서도 영원히 불쾌하고 양심을 더럽히는 일이 될 것이다. 사람을 상처 입히고, 배신하고, 힘을 빼앗고, 분노케 하는 일이기 때문이다. 처벌은 자신이 받게 된다. 신이 그에게 복수를 했는지 아닌지 이 세상 사람은 알 수 없다. 신의 벌은 비밀스럽게 끈질기게 지속

될 것이기 때문이다. 명예를 잃어버린 사람은 매순간 자신보다 더 정직한 세상의 멸시와 냉소를 견디면서, 목숨보다 더 소중한 자존심을 날마다 더럽히면서 죽어가는 것이다. 내 말을 믿으라고 요구하지는 않겠다. 그러나 명예를 버리는 사람이 자신의 신에 대한 맹세를 지킨다고 생각하다니, 당신이 얼마나 틀렸는지를 알려주고자 하는 것이다."

이 말을 마친 후, 왕자는 비웃는 미소를 띠면서 얼굴을 돌려 버렸다. 사자는 선장에게 어떤 회신을 가지고 가야 좋을지 알려달라고 요청했지만 왕자는 대답하지 않았다. 결국 사자는 더 이상 묻지 못하고 자리를 떠났다.

선장은 부하들과 함께 어떻게 대처해야 할지 논의하면서 숙고했다. 그 결과, 오루노코만 자유롭게 풀어주면 그 파급 효과로 프랑스인을 제외한 나머지 사람들은 음식을 거부하지 않을 것이 틀림없다는 쪽으로 의견이 모아졌다. 프랑스인에 대해서는, 선장은 그를 감히 포로처럼 대할 수는 없었지만, 왕자의 편에 서서 무슨 행동을 할지 알 수 없어서 일단 가두어두는 것이니 배가 육지에 도착하는 대로 풀어주겠다고 미리 말해둔 터였다. 그래서 그들은 왕자의 족쇄를 풀어 자유롭게 해주고 그러나 다른 사람들 눈에 띠면 안 되므로 그를 철저히 감시할 필요가 있다, 그는 단한 사람이므로 겁내지 않아도 된다고 결론을 내렸다.

고민이 해결되었으므로 선장은 더 큰 작전을 실행하기 위해 직접 오루노코를 만나러 갔다. 거기서 겉치레적인 인사말을 늘어놓은 뒤, 자신이 약속한 바를 거듭 확신시키면서 왕자에게는 격식을 갖추어 가석방 선서를 하게 한 뒤 악수를 했다. 그런 다음 왕자의 족쇄를 풀어주고 자신의 선실로 데려가 먹을 것을 대접하고 잠시 쉬도록 했다(왕자는 그때까지 나흘 동안 먹지도, 자지도 않았다). 그 후에는 사슬에 묶인 채 일체의 음식을 거부하고 있는 강인한 부하들을 만나 다시 음식을 먹도록 권하고 기회가 되면 다시 자유로운 몸이 될 수 있다고 안심시켜주도록 요청했다.

관대한 마음을 가진 오루노코는 그 말을 의심하지 않았다. 그래서 부하들 앞에 모습을 나타냈다. 그들은 사랑하는 왕자를 보자 기쁨에 넘쳐 그의 발밑에 무릎을 꿇으며 입을 맞추고 껴안았다. 마치 신탁의 말씀이기라도 하듯 그들은 왕자가 하는 말을 전부 믿었다. 왕자는 부하들에게 전투에서 보여주었던 불굴의 투지 그대로의 용기로 사슬을 견뎌줄 것으로 부탁했다. 왕자에 대한 사랑과 우정을 보여주는 일에 그러한 인내보다 더 강력한 증거는 없을 것이며, 또 지금의 처지는 상처받은 사람들이 그에 따른 정당한 복수에 대해 선장(그의 친구인)이 안전을 지키려고 하기 때문이라고 말했다. 부하들은 한 목소리로 왕자가 편안할 수 있고 안전할 수 있다면 자신들은 어떤 일도 참을 수 있다고 장담했다.

그때부터 병사들은 음식을 거부하지 않았다. 가져오는 것은 무엇이든 먹으면서 오히려 포로가 된 것을 기뻐했다. 그렇게 함으로써 그들은 왕자를 도울 수 있기를 희망했기 때문이었다. 그날 이후 왕자는 신분에 어울리는 경의와 대우를 받으며 항해를 계속했다. 그러나 무엇으로도 그의 우울한 기분을 돌이킬 수는 없었다. 그는 종종 이모인다를 생각하며 슬퍼했다. 자신의 불운은 운명의 그날 밤에 고귀한 여인을 오탄에 버려둔 채 전장으로 달려갔기 때문이며 그 행동에 대한 벌이라고 생각했다. 젊고 아름다운 사람과 함께 했던 지난날의 기쁨을 끝없이 회상하면서, 이제 영원히 그녀를 잃어버렸다는 크나큰 슬픔 속에서 지루하고 긴 항해를 견디고 있었다. 그러던 중 마침내 배는 영국 왕의 식민지인 수리남의 하구에 도착했다.

이곳에서 선장은 배에 태워온 노예들 중 일부를 인도하기로 되어 있었다. 그 땅에 거주하는 상인과 신사들이 배에 올라와 계약이 성사되어 있는 노예를 데려가기 위해 제비뽑기를 했다. 그중에는 내가 그 지방에서 종종 머물곤 했던 농장의 주인들도 있었다. 계약대로 선장은 부하들을 시켜 앞서 말했던 쇠사슬에 묶인 용감한 노예들을 데려오게 했다. 그들은 여자와 아이들(이들은 피카니니흑인아이로 불렀다)과 함께 상인과 신사들에게 노예로 넘겨졌다. 각기 떼어놓기 위해서 두 사람이 한꺼번에 제비에 뽑히지 않도록 했다. 분노와 용감성으로 식민지 질서를 위협하는 중대한 난동 행위를 일으킬 수도 있으므로 그들을 함께 두는 것은 결코 안전한 방식이 아니었다.

오루노코는 가장 먼저 제비에 뽑혔다. 그는 각양각색의 종족과 체격을 가진, 그러나 인간적인 아름다움에서는 그와 비교될 수 없는 17명 가량의 사람들과 함께 내가 알고 지내던 농장주의 노예로 넘겨졌다. 그 과정에서 왕자는 선장의 속셈이 무엇인지 잘 알게 되었다. 앞서 말했듯이 그는 영어를 꽤 많이 알아들을 수 있었던 것이다. 그러나 무기가 전혀 없는 무방비 상태에서 저항해도 소용이 없다는 점도 깨달았다. 왕자는 그저 선장을 멸시에 찬 맹렬한 눈길로 노려볼 뿐이었다. 그 눈빛에는 너무도 격렬한 비난이 담겨 있었으므로 선장은 가책을 느끼면서 얼굴을 붉혔다. 왕자는 뱃전을 지나가면서 큰소리로 말했다.

"잘 가시오. 만약 당신이 자기 자신과 당신이 맹세했던 신의 진실을 이해하게 된다면 내가 겪는 고통도 그만한 가치가 있을 것이오."

그리고 고통을 참아달라고 약속했던 부하들을 향해서 자신은 어떤 저항도 하지 않겠다고 말하면서 다시 외쳤다.

"자, 나의 동료인 노예 여러분. 배에서 내려 우리가 마주친 이 세계에는 얼마나 더 훌륭한 명예심과 정직함이 있는지 알아봅시다."

말을 마친 후 왕자는 작은 보트 위로 가볍게 올라탔다. 두려워하는 기색을 보이지 않은 채, 17명의 동료들과 함께 강을 거슬러 올라가는 노의 물결에 몸을 맡기고 있었다.

그를 사들인 신사는 트레프리라는 이름을 가진 콘월 출신의 젊은 남자였다. 뛰어난 학식과 재능을 겸비한 사람으로 총독의 업무 전체를 관리하는 직책을 맡아 이곳에 왔다. 그는 오루노코가 선장에게 던졌던 마지막 말을 곱씹고 있었다. 오루노코가 입고 있는 좋은 의상 때문에 보트에 탈 때부터 왕자의 시선을 주시하고 있었던 터였다. 얼굴이나 표정, 체격, 출중한 행동거지와 위엄이 느껴지는 풍모에는 뭐라고 설명하기 어려운 비범함이 엿보였다. 더욱이 그가 영어를 할 줄 안다는 사실을 알게 되자 트레프리는 그의 사람됨과 운명이 더욱 궁금해졌다.

오루노코는 자신을 감추면서 다만 보통 노예와 신분이 조금 다를 뿐이라고 말했다. 그러나 트레프리는 곧 그가 스스로 말한 것보다 더 높은 천분을 지닌 사람이라는 것을 알았다. 그때부터 그는 왕자에게 매우 존경심을 품고 사랑하는 형제처럼 그를 아꼈다. 그리고 고귀한 인물에게 어울리는 정중한 태도로 그를 대했다.

트레프리는 뛰어난 수학자였고 언어학자이기도 했다. 그는 프랑스어와 스페인어를 할 수 있었다. 보트로 이동하던 사흘(배에서 농장은 그만큼 멀리 떨어져 있었다) 동안, 그는 자기가 아는 지식과 여러 가지 이야기들을 유쾌하게 늘어놓으면서 오루노코의 기분을 풀어주었다. 그래서 왕자 역시 그에게 호감을 가지게 되었다.

왕자는 그 점을 다행으로 여겼다. 어찌됐든 그는 노예였고 노예의 처지를 벗어날 수 없는 한, 능력 있고 품위를 갖춘 신사가 주인인 편이 나았기 때문이었다. 그래서 강을 따라 올라가는 항해가 끝날 즈음에 왕자는 트레프리에게 자신이 겪어왔던 대부분의 일들을 솔직하게 털어놓았다. 그의 이야기에 트레프리는 충분히 공감을 나타냈다. 왕자가 겪어야 했던 고통에 대해 분노하고 그 행동이 보여주는 고결함에 감동되었다. 왕자가 침착하게 세심한 주의를 기울여 이야기를 들려주는 동안 그는 왕자에게 완전히 압도되었고 더욱 관심을 가지게 되었다. 그래서 자신의 명예를 걸고 왕자가 다시 고국으로 돌아갈 수 있는 방법을 찾아보겠노라고 약속했다. 자신 또한 명예를 더럽히는 일을 매우 싫어하며, 수치스러운 인간이 되기보다는 차라리 죽는 편이 낫다고 자신의 생각을 분명히 했다. 또 왕자가 동료인 부하들이 어떻게 되었는지, 노예로서 어떻게 지내는지에 대해 매우 걱정하고 있음을 알고서 그들의 형편을 힘닿는 대로 수소문해서 알아본 뒤 왕자에게 모두 알려주겠다고 약속했다.

후에 오루노코는 내게 말하기를, 트레프리의 말을 신뢰할 어떤 근거는 없었으나 다만 그의 얼굴에는 어떤 진지함 내지 단호한 진실 같은 것이 엿보였고 그의 눈빛이 진실되게 느껴졌기 때문이라고 했다. 또한 그는 명예가 무엇인지를 알고 있는 현명한 사람이었다. 현명한 사람은 악한이나 사기꾼이 될 수 없다는 생각은 왕자가 믿는 금언 가운데 하나였던 것이다.

강을 따라 올라가는 동안 그들은 잠깐씩 휴식하기 위해서 근처 마을에 들르곤 했다. 정박할 때마다 많은 사람들이 그들을 보려고 모여들었다. 부락민들에게는 노예를 구경하는 일은 흔히 있는 즐거움 가운데 하나였는데, 이번에는 도착하기도 전에 먼저 오루노코의 평판이 알려져 있었다. 사람들은 모두 오루노코의 잘생긴 풍모에 감탄했다. 왕자는 잡혔을 때 입고 있던, 다른 사람과 비교도 되지 않는 호화로운 차림새 그대로였다. 선장은 그를 팔아넘길 때 상대방이 경탄할 수 있도록 그 옷을 벗기지 않았던 것이다.

예상했던 대로 자신의 복장이 쓸데없이 사람들의 시선을 끈다는 점을 알고서 왕자는 트레프리에게 노예에게 어울리는 옷을 부탁했다. 트레프리가 그 요구를 들어주자 왕자는 입고 있던 옷을 벗었다. 그럼에도 불구하고 그는 빛이 났다. 바꾸어 입은 오센브릭스osenbrigs, 일종의 갈색 네덜란드풍의 옷이다도 그의 늠름하고 기품 있는 풍모를 숨길 수는 없었다. 사람들은 그가 값진 옷을 입었을 때와 마찬가지로 그에게 감탄했다.

비록 노예였지만 그는 고귀한 영혼의 젊은이로 보였다. 사람들은 자기도 모르게 그를 노예와는 다른 태도로 대했다. 왕자와 잠시라도 가까이 한 사람들은 곧바로 그에 대한 칭찬을 아끼지 않았다. 마치 그의 행동거지에 사람의 영혼을 파고드는 어떤 힘이 있어서 자연스럽게 존경심을 불러일으키는 듯 했다. 그런 까닭에 그가 진짜 왕자라는 사실을 알지 못하면서도 사람들은 모이기만 하면 이 젊고 비범한 노예를 화제에 올리곤 했다.

8장

기독교도가 노예를 사들이면 통상적으로 새로운 이름으로 불리게 된다는 점을 말해두어야겠다. 원래 이름은 아무래도 야만적으로 들렸고 발음하기도 어려웠기 때문이다. 트레프리 씨도 오루노코에게 시저라는 새 이름을 붙여주었다. 시저라는 그의 이름은 저 위대한 로마인의 영예로운 이름처럼(거의 같은 정도로) 오래 그 지역에 전해질 것이다. 왜냐하면 그가 한 인간으로서 로마인 시저의 용맹성과 비교해도 조금도 모자라지 않을 것이며, 그가 만일 역사가의 손으로 보강된 나라에서 태어났다면 마땅히 그의 기념비적 행동이 기록되었을 것이기 때문이다. 그러나 안타깝게도, 그는 다만 미약한 한 여성에 불과한 나의 펜으로밖에 그 칭송을 기릴 수 없는 이름 없는 나라에서 태어났다. 만일 그가 죽은 직후 이 나라를 지배한 네덜란드인1667년경부터 네덜란드 세력이 침입해 같은 해 5월 21일, 브레다조약에 의해 뉴 암스테르담(오늘날의 뉴욕, 1621년 네덜란드인이 건설)과 교환해 영국에서 네덜란드로 할양되었다이, 이 위대한 인물의 생애를 세상에 알릴 모든 사람을 추방하거나 죽이지 않는다면, 나보다 솜씨 좋은 누군가가 나타나 그의 노력으로 후세에 전해질 것을 믿어 의심치 않는다. 그 일을 계획했으나 시작하지 못한 채 세상을 떠난 트레프리 씨는 자신이 좀더 일찍 시작하지 못했던 점을 한탄했다.

그러므로 앞으로 나는 오루노코를 시저라고 불러야 한다. 서구세계에 알려진 이름은 그 이름뿐이었고 그가 노예로 전락하게 된 파람미국 미시시피주 먼로카운티에 있는 자치구이다 하우스의 강변에서 불렸던 이름이기 때문이다.

사실 황제인 시저가 몸소(그에게 신의 은총이 있기를!) 그 강변을 찾아왔다고 할지라도 당시 모든 농장 사람들과 이웃 주민들이 왕자를 맞이한 것처럼 그렇게까지 환영받지는 못했을 것이다. 왕자는 노예가 아니라 마치 군주처럼 환영을 받았던 것이다. 관례에 따라 농장에 딸려 있는 집과 땅과 작업량이 주어졌음에도 말이다. 그것은 꼭 그에게 일을 시키겠다는 의도보다는 일종의 형식상의 절차였다. 사실 그는 명목상 노예에 지나지 않았다. 왕자는 흑인들이 일하는 농장에서 일을 시작하기 전에 찾아오는 방문객들을 맞으면서 며칠 동안 집에서 머물렀다.

마침내 그는 자기 땅과 집, 해야 될 일을 둘러보기로 했다. 노예들이 거주하는 자연발생적으로 형성된 작은 마을에 도착하자, 흑인들은 모두 일손을 멈추고 그를 만나기 위해 몰려들었다. 그중 많은 이들이 자신들을 그 지방으로 팔았던 왕자라는 사실을 몇 번씩 확인했다. 그들은 높은 사람, 특히 그들이 아는 높은 신분의 사람들이라면 더욱 그렇게 하듯이, 공경하는 마음과 그 앞에 서 있다는 사실만으로도 무섭고 놀라워서 모두 왕자의 발 아래 무릎을 꿇고서 모국어로 "국왕, 만세! 국왕, 만세!"하고 외치면서 그의 발에 입을 맞추며 마치 신을 대하듯 숭배심을 나타냈다.

함께 동행했던 영국인 신사들은 거기서 트레프리 씨가 했던 말을 확신하게 되었다. 그때까지는 그 말을 확인해줄 사람은 시저 본인뿐이었으나 이제 모든 노예들이 그에게 존경을 표시하는 것을 보면서 시저의 고귀함을 확인한 것이다. 그 광경을 보면서 트레프리씨는 무척 기뻤다.

노예들의 넘치는 열광과 격식이 부담스러웠던 시저는 자신은 하등 나을 것 없는 사람이니 같은 노예로서 맞아달라고 간청하면서 모두 자리에서 일어나라고 했다. 그 말을 듣자 그들은 무섭고도 끔찍한 비탄과 원망의 소리로 모두 울부짖었다. 시저와 영국인들은 그들을 진정시키기 위해 무척 애를 먹어야 했다.

마침내 마음을 가라앉힌 흑인들은 원주민 고유의 음악을 준비하고 집집마다 자기들이 기르던 가축(그들은 각자 자기 땅을 가졌으며 틈을 내서 식용할 짐승들을 길렀다)을 잡아 손질한 후 모두 추렴하여 성대한 잔칫상을 차렸다. 그리고 자기들의 '위대한 장군'인 왕자를 초대하면서 함께 자리하는 영광을 베풀어달라고 청했다. 왕자는 초대에 응했고 몇 명의 영국인이 그와 동행하여 기다리고 있는 곳으로 갔다. 왕자 앞에서 그들은 각자 고유한 풍속에 따라 음악을 연주하고 무용을 계속했다. 왕자를 기쁘게 하기 위해서 그들은 지칠 줄 모르고 열성을 다했다.

식사를 하는 자리에서 트레프리는 시저에게 거기 있는 젊은 노예들 대부분이 6개월 전쯤에 예쁜 여자 노예에게 사랑을 고백했다가 거절당한 경험이 있다는 말을 꺼냈다. 탄식 없이 사랑 이야기를 들을 자신이 없는 왕자로서는 사랑에 관한 대화를 계속하고 싶지 않았다. 그러나 그 자리에서 대화의 중심에 있는 입장이었으므로 흥미가 있는 척 하면서, 여자 노예 한 사람 때문에 모두 가슴앓이를 하고 있다니, 어떻게 그런 슬픈 일이 일어날 수 있는지를 물었다. 천성적으로 호색 기질이 있는 트레프리는 누구보다도 사랑 이야기를 좋아했던지라 그 이야기를 계속했다.

농장이 생긴 이래로 그녀만큼 아름다운 흑인 여자는 없었다고 했다. 나이는 열다섯이나 열여섯 정도로 짐작되는데, 이곳에 온 그녀를 보고 트레프리 자신도 감탄을 금치 못했다는 것이다. 그가 지금껏 만났던 어떤 백인 미녀도 그 여자만큼 완전히 자신을 매혹시키지는 못했으며, 출신과는 상관없이 어떤 남자라도 그 여자를 한 번 보면 사랑에 빠지지 않을 재간이 없을 것이라고 했다. 그 여자는 모든 노예들을 영원히 무릎을 꿇게 만들었으며 온 사방에 그 여자, 즉 클레멘의 소문이 퍼져나갔다고 했다.

"그 이름은" 그가 말했다. "우리가 그녀에게 붙여준 이름이지. 그런데 그녀는 아주 우아하면서도 경멸적인 태도로 우리를 거부했네. 상대방에게 끝없이 욕망을 불러일으키는 여자가 스스로는 얼음보다 더 차갑고 무심하다는 걸 생각하면 놀라울 따름이야. 그녀는 우아하면서도 얌전했고 그래서 그 젊음이 더욱 빛이 났지. 그리고 그 부드러운 한숨이란, 만약 그녀가 사랑을 하고 있다면, 그녀가 그리워하는 그 복된 남자는 분명히 이곳에 없다는 점만은 확실히 말할 수 있네."

클레멘은 상대가 설령 '태양신'일지라도 능욕당하기를 겁내는 듯, 혹시라도 살랑이는 미풍이 자신의 고운 입술을 훔쳐갈까 두려워하는 듯 거의 바깥출입을 하지 않으며, 그녀를 찬양하는 애인들이 그녀에게 할당된 작업을 대신하게 해달라고 간청하면 얼굴을 붉히면서 마지못해 허락하면서도 그 대가로 한 번이라도 만나 달라고 부탁할까 두려워하고 있으며, 그러나 그녀의 찬미자들은 진심으로 그녀를 경외하고 있기 때문에 감히 그런 희망을 내비치지도 못한다고 했다.

"그럴 수도 있겠군요." 시저가 말했다. "당신 말대로 클레멘이 그토록 아름답다면, 그녀가 다른 노예들을 거절하는 것도 그다지 이상해 보이지 않습니다. 하지만 어째서 그녀는 당신처럼 자신을 기쁘게 해줄 능력이 있는 사람들에게서도 달아나는 것일까요? 더구나 당신은 그녀의 주인인데 힘으로 그녀를 굴복시킬 수도 있지 않습니까?"

"솔직히 말하면," 트레프리가 말했다. "나는 체면을 무시하고 내가 가진 힘과 권력을 빌려 그녀에게 애정을 보여주려고 했네. 강제로라도 사랑을 나누려고 시도했지. 그런데, 아! 그녀가 너무도 정숙한 모습으로 흐느껴 우는 걸 보면서 나는 그만 힘을 잃어버렸어. 그 가련한 모습에서 나는 맥없이 물러서고 말았네. 그리곤 그녀가 나를 물러서게 했다는 점에서 나의 수호신에게 감사를 드렸다네."

일행은 한낱 노예에게 보여준 그의 정중한 행동에 대해서 소리 내어 웃었다. 시저만이 그의 정열과 고상한 성격을 칭찬했다. 왜냐하면 그 노예가 순결했을 수도 있으며, 어쩌면 그 이상으로 그녀의 마음속에 명예심과 정절이라는 진실된 관념을 가졌을지도 모르기 때문이라고 했다. 이렇게 해서 그들은 노예들로부터 더할 나위 없는 경의와 숭배를 받으며 하룻밤을 보냈다.

다음날, 트레프리는 낮의 더위를 식히자며 산책길로 시저를 불러냈다. 그는 일부러 그 아름다운 노예가 살고 있는 오두막 근처로 갔다. 그리고는 시저에게 전날 밤 이야기했던 그 여자가 사람들의 눈을 피해 이 집에 살고 있다고 말했다.

"그러나" 트레프리가 말했다. "자네는 가까이 가지 않는 편이 좋을 게야. 그 여자를 보는 순간 곧바로 사랑에 빠질 게 분명하니까."

시저는 아무리 매력적인 여성이라도 자기는 넘어가지 않는다고 단언했다. 자신의 심장이 이모인다를 사랑한 후에도 다시 사랑에 빠질 수 있다면 그런 믿을 수 없는 심장은 차라리 가슴에서 떼어내는 편이 좋을 것이라고 했다. 그 말이 끝나기 무섭게 트레프리가 선물했던, 그 여자가 무척 귀여워하는 털북숭이 강아지가 달려 나왔다. 그리고 뒤이어 그 여자, 클레멘이 거기에 누가 있는 줄 모르고 개를 데리러 나왔다. 막 그녀의 이야기를 나누고 있던 두 사람 앞에 느닷없이 뛰어들었던 것이다.

그들을 보자 그녀는 곧 안으로 달려가려고 했으나 트레프리가 재빨리 그녀의 손을 잡았다. 그리고 시저를 가리키며 큰 소리로 말했다.

"클레멘, 그대는 언제나 사랑하는 사람들로부터 달아나지만, 그러나 이 손님에게만은 존경심을 보여야 할 거야."

그 말을 듣자, 그녀는 한층 더 고개를 숙인 채 땅만 내려다보고 있었다. 마치 두 번 다시는 남자의 얼굴 같은 것은 보지 않기로 결심이라도 한 듯 보였다. 그래서 왕자는 더 찬찬히 그녀를 볼 수가 있었다. 그렇다고 해서 그 아름다운 여자가 누구인지 알기 위해 살펴보거나 생각해볼 필요는 없었다. 어디를 보나 이모인다가 분명했기 때문이다. 왕자는 잠자코 그녀의 얼굴과 몸매, 우아하고 아름다운 자태를 지켜보았다. 그의 눈에는 영혼에서 솟구치는 기쁨으로 가득 찼고, 몸은 마치 생명이라도 빠져나간 듯 미동도 없었다. 그는 아무것도 할 수가 없었다. 터질 듯한 기쁨에 압도되어 정신이 나가버린 것만 같았다. 만약 그때 이모인다가 정신을 잃고 트레프리의 손에 쓰러지는 것을 깨닫지 못했다면 아마 영영 그랬을지도 모른다. 그 장면을 보는 순간 왕자는 퍼뜩 정신을 차리고 달려가 양 팔로 그녀를 부둥켜안았다. 그의 팔에 안긴 채 그녀는 의식을 찾았다.

얼마나 황홀했는지! 그들은 기쁨에 넘쳐 말없이 서로를 껴안았다. 와락 서로를 가슴으로 끌어안았다가 다시 가만히 서로의 얼굴을 쳐다보곤 했다. 그 행운이 정말로 자신들에게 일어난 것인지 믿지 못하겠다는 듯했다. 마침내 두 사람은 서로 다시 만나게 된 기이한 운명에 놀라워하면서 달콤한 목소리로 이야기를 나누기 시작했다.

곧 그들은 겪어온 일들을 알게 되고 서로의 운명을 슬퍼했다. 그러면서 동시에 두 사람은 노예의 족쇄도 생활도 그다지 힘들지 않았다고 주장하면서 앞으로 함께 행복하게 지낼 수만 있다면 어떤 어려움도 기쁨으로, 즐거움으로 견딜 수 있다고 서로에게 맹세했다. 시저는 이모인다를 볼 수만 있다면 이 세상 어떤 왕국도 거들떠보지 않겠노라고 맹세했으며, 이모인다는 오루노코만 옆에 있으면 여성의 허영을 만족시키는 아무리 멋지고 화려한 것이라 한들 경멸할 뿐이라고 했다. 그는 그녀가 사는 오두막을 찬양하면서 그 얼마 안 되는 좁은 땅이 전 세계가 줄 수 있는 무엇보다도 더 큰 행복이라고 말했다. 그녀는 오루노코가 서 있는 그 자리가 바로 광채로 빛나는 궁전이라고 단언했다.

이 놀라운 사건에 대해 트레프리는 대단히 기뻐했다. 클레멘이 시저가 말했던 그 아름다운 애인이었음을 알고서 뜻하지 않은 우연으로 왕자의 불행이 기쁨으로 바뀌게 되었다면서, 이는 필시 하늘의 도움이라고 말하면서 즐거워했다. 그는 연인들을 남겨놓고 급히 파람 하우스로 돌아와서 일의 일부를 내게 들려주었다.

나는 한시 바삐 그 연인들을 방문하고 싶어서 조바심이 났다. 그때 나는 시저와 가깝게 교제하면서 지금까지 진행되었던 이야기를 들었기 때문이었다. 이 점은 그의 친구인 프랑스교수에게서도 확인할 수 있었다. 그는 매일처럼 파람 하우스를 찾아와서 제자인 시저를 만나 애정을 표시하곤 했다. 나는 시저에게 총독이 도착하는 대로 바로 자유의 몸이 되도록 해주겠다고 약속했다. 시저와 관련된 일은 무엇이든 흥미가 있었으므로 곧장 그 연인들을 만나러 갔다. 그 아름답고 젊은 노예가(그녀의 정숙함이나 형용하기 어려운 매력에 대해서 우리는 그녀를 높이 평가하고 있었다), 시저에게 줄곧 이야기를 들었던 바로 그 여인이라는 사실을 알고 무척 기뻤던 것이다.

그녀를 만났을 때 우리가 얼마나 소리 높여 그녀를 축복했을지는 상상할 수 있을 것이다. 전에도 그녀의 몸에 예쁜 꽃들과 새들이 새겨져 있는 것을 보고 우리는 그녀가 귀한 신분임은 눈치채고 있었지만, 그 클레멘이 이제 이모인다라는 사실을 알게 되었으므로 우리의 칭송은 끝이 없었다.

그들의 나라에서 고귀한 신분으로 태어난 사람들은 몸에 상처를 내어 멋지게 부풀린 무늬가 있었다. 상처의 세공은 꽃 모양새로 돋을새김 되어 있어 마치 금이나 은가루를 뿌려놓은 듯 보였다. 그 중에는 시저처럼 관자놀이 양쪽에 작은 꽃이나 새 모양을 새긴 사람도 있고, 또 영국의 옛 이야기에 나오는 픽트족_{스코틀랜드}와 아이슬란드의 북부에 3세기 말부터 9세기 중반까지 살고 있던 민족. 845년 스콧족에게 멸망당함처럼 상반신 전체에 문신을 새긴 사람들도 있었는데, 이런 문신은 매우 정교한 솜씨로 다듬어져 있었다.

행복한 날이 지나고 시저는 클레멘을 아내로 맞았다. 모든 사람들이 그 결혼을 즐겁게 축복해주었다. 지역의 유지들도 총력을 기울여 성대하게 혼례의 축하연을 베풀어 주었다. 얼마 후에 이모인다는 임신을 했고 시저는 한층 더 그녀를 사랑했다. 그는 자신이 그 위대한 종족의 마지막 사람이라는 것을 알고 있었다.

9장

상황이 바뀌었으므로 시저는 자유의 몸이 되기를 더욱 간절히 원했다. 매일처럼 트레프리를 찾아가 자신과 클레멘을 자유롭게 해줄 것을 요청했다. 몸값을 지불하면 풀려날 수 있다는 점을 보장만 해주면, 선불로 황금이나 아니면 그에 상응하는 수의 노예를 제공할 수 있다고 했다. 그들은 약속을 매일처럼 미루다가 결국 총독이 도착할 때까지 다시 연장했다. 그래서 시저는 그들이 거짓말을 하면서 아내의 출산까지 기한을 미루면서 태어나는 아이도 노예로 만들려는 속셈일지도 모른다고 의심하기 시작했다. 노예에게서 태어나는 아이는 모두 그 부모의 주인 소유가 되기 때문이었다.

그런 생각을 하면서 그는 무척 불안했다. 그는 침울해졌고 그런 모습은 사람들에게 경계심을 불러 일으켰다. 반란(그 지역에는 많은 노예들이 있었고 그 숫자는 백인들보다 훨씬 많았다. 식민지에서 이 점은 때로 치명적인 위협이 되기도 했다)이 일어나는 것을 겁내고 있던 높으신 양반들이 나를 불러서는 시저를 만나 불만을 품지 않도록 잘 달래보라는 부탁을 했다. 그들은 시저와 클레멘이 거의 온종일 나의 숙소에서 지내며, 함께 식사를 하고 또 내가 힘이 닿는 대로 그들에게 호의를 베풀고 있다는 점을 알고 있었기 때문이다.

나는 두 사람에게 로마인이나 위인들의 전기를 심심치 않게 들려주었다. 시저는 그런 이야기를 대단히 좋아했고 이 점에서 그는 더욱 나와 가까워졌다. 클레멘에게는 내가 가진 모든 예쁜 물건들을 만드는 법을 가르쳐주었으며, 수녀들 이야기를 들려주기도 하고 또 신에 대한 참된 이해를 가질 수 있도록 공을 들였다. 그러나 시저는 그런 이야기는 좋아하지 않았다. 삼위일체와 관련해서는 한 번도 우리 생각에 동조하지 않았다. 오히려 그는 냉소하면서 자신을 납득시키기는 어려울 것이라고 말했다. 누구도 그에게 신앙이라는 것이 무엇인지 이해시킬 수는 없었다.

그렇다고 해서 이런 대화를 그가 전혀 좋아하지 않았느냐고 하면 반드시 그렇지도 않았다. 그는 분명히 남자들보다 우리와 같은 여성들과 교제하는 것을 더 좋아했다. 그는 술을 마시지 않았다. 이 지역에서는 술을 마시지 않고 남자들과 교제하기는 어려웠다. 그러한 이유 때문에 그는 우리와 함께 어울리는 것을 좋아했다. 우리도 역시 그와 터놓고 이야기할 수 있었다. 특히 나는

고귀한 영혼의 노예

그랬다. 그는 나를 '멋진 부인'이라고 불렀다. 내가 하는 말에 그는 진심으로 동의해주곤 했다.

그런 이유도 있고 해서 나는 최근 들어 시저가 예전만큼 그렇게 유쾌해 보이지 않았으며, 적극적으로 나서지도 않은 채 종종 생각에 잠겨 있다는 것을 알게 되었다. 그래서 나는 그에게 우리가 했던 약속, 즉 그와 클레멘 두 사람이 배를 타기만 하면 곧장 돌아갈 수 있는 고국으로 보내주겠다는 약속을 지키지 않을까 봐 걱정하고 있는지 물어보았다. 그의 대답에서 그가 의심을 품고 있다는 것을 알고서 의심한들 무슨 소용이 있겠느냐고 말했다. 오히려 그런 의심은 사람들에게 경계심을 일으킬 뿐이고 그렇게 되면 내가 정말로 원하지 않는 방식으로 그를 강요하게 될지도 모른다고 말했다. 다시 말해서 그를 감금하게 되는 일이 일어날지도 모른다고 일러준 것이다.

그러나 나는 내 생각을 잘 표현하지 못한 것 같았다. 그 말에 대해서 그가 벌컥 화를 냈기 때문이다. 여러 번 달래 보려고 했으나 허사였다. 그렇지만 그는 어떤 결심을 하게 되더라도 백인들을 향해 대항하는 일은 없을 것이라고 말했다. 나에 대해서나 농장 사람들에게, 또 그 지역의 적들과도 대적해 싸우기보다는 차라리 자유나 목숨을 포기하겠다고 장담했다. 명예가 걸린 일이 아니라면 어떤 행동도 하지 않을 것이니 염려하지 말라고 했다. 다만 사랑 때문에 나약하게 언제까지나 노예로 지내야 하는 일에 대해서 자책하고 있다고 했다. 즉 명예심마저도 무색하게 만드는 사랑 때문에 매순간 자신을 책망하고 있었던 것이다.

이런 취지의 말을 너무도 초조한 모습으로 털어놓았기 때문에 나는 그가 계속 노예의 몸으로 살아갈 생각이 없음을 알았다. 그는 명목상으로는 노예였지만 그에 따르는 고역이나 노동은 하지 않았다. 그렇지만 그런 상황에 놓여 있다는 사실 자체가 그를 견딜 수 없게 했던 것이다. 전장에서 싸우며 살아왔던 그가 긴 시간을 어떤 행동도 없이 보내고 있기 때문이었다.

그는 사납고 용맹한 영혼의 소유자였다. 그런 기질은 결코 안일한 생활로 억누를 수 없었다. 달리기나 씨름, 창 던지기, 사냥과 낚시 등을 운동삼아 하고 있었지만, 또 엄청나게 큰 호랑이를 추격하여 죽이기도 하고 알렉산더 대왕이 아마존 강에서 마주쳤다고 전해지는 어마어마한 뱀을 잡고 대단히 기뻐하기도 했지만, 그러나 그런 스포츠적인 활동으로는 성에 찰 수 없었다. 그의 넘치는 기백은 보다 훌륭하고 명예로운 행동을 구하고 있었다.

그날 나는 그와 헤어지기 전에 풍문으로 매일처럼 도착한다고 전해지는 총독각하가 오는 날까지 조금만 더 인내심을 가지고 기다려줄 것을 간곡히 설득했다. 그는 그러겠다고 했다. 그러나 그 약속은 전적으로 자신을 믿어주는 나에 대한 존경 때문이라고 밝혔다.

그 일이 있은 후, 나는 우리의 시야 너머에 있는 그를 완전히 믿을 수 없게 되었다. 시저를 우려하는 이쪽 사람들 역시 믿지 못했다. 지역 사람들은 그에게 적절한 대우를 해주면서 기분을 건드리지 않도록 행동하면서 그가 흑인들이 일하는 농장으로 나가지 못하도록 해야 한다고 의견을 모았다. 농장에 갈 경우에는 반드시 하인을 밀정으로 붙여 그와 동행하도록 결정을 내렸다.

당분간 그런 식의 감시가 계속되었다. 시저는 그 점을 자신에 대한 특별한 애정의 표시로 받아들였다. 불만을 토로했기 때문에 농장 사람들이 더 세심하게 배려하는 것으로 이해한 것이다. 농장의 감독들도 그에게 이런 저런 새로운 약속을 해주었는데, 모두 지역 신사들이 그의 심사를 건드리지 않도록 해준 말들이었다. 그 기간 동안 우리는 전보다 더 자주 만나면서 가깝게 지냈다. 우리가 기분전환을 위해 그를 기쁘게 했던, 아니 오히려 그가 우리를 즐겁게 해주었던 일들을 독자에게 이야기하는 것도 괜찮을 것이다.

나는 그 지역에 잠깐 체류할 예정이었다. 나의 아버지가 항해 중에 돌아가셨기 때문에 승계하기로 되어 있던 명예직(스리남의 대륙 외에 36개 섬들의 부총독 직위)에 오를 수 없게 되었다. 그 자리가 다른 사람에게 주어졌으므로 우리는 이곳에 더 머물 일이 없었고 항해를 계속해야 했다.

그런데 한 가지만은 분명히 말해두고 싶다. 지금은 영광스런 과거의 기억 속에 있는 우리의 국왕폐하(찰스1세)께서 자기가 이 광대하고 아름다운 대륙의 통치자였음을 분명히 깨닫고 있었더라면, 이 땅을 그처럼 간단히 네덜란드인의 손에 넘기지는 않았을 것이다. 이 나라는 끝을 알 수 없을 정도로 광대하며, 또 주변의 어떤 지역에 비해서도 월등히 좋은 토양을 가지고 있다. 사람들의 말에 따르면, 대륙의 동쪽은 중국까지 닿아있고, 반대쪽은 페루로 뻗어 나갔다.

뿐만 아니라 이 땅에는 모양이 아름답고 실생활에서도 유용한 많은 자원이 있으며, 기후도 언제나 봄과 같다. 모든 날들이 4월이거나 5월, 6월이다. 나무그늘은 언제나 푸르고 온갖 시기의 잎사귀를 동시에 매달고 있다. 과일도 꽃이 피기 시작한 열매부터 수확해야 할 때가 된 무르익은 것까지 있다. 오렌지, 레몬, 감, 무화과 숲이 널려있고 갖가지 향기로운 향료나무 열매가 쉴새없이 달콤하게 향기를 피워올린다. 나무들은 저마다 다른 꽃으로 뒤덮여 색색의 꽃다발처럼 보인다. 어떤 것은 순백색이며 어떤 것은 주홍색이고 또 다른 진홍색이 있는가 하면 파랗거나 노란 색도 있다. 한쪽에서는 과실이 여물고 다른 한 쪽에서는 싱싱한 꽃들이 만발하여 매일처럼 풍경이 새롭다. 숲의 나무들은 주로 목재로 쓰이는데, 보통의 목재에는 없는 독특한 성질을 가지고 있다. 톱으로 자르면 여러 가지 색상이 나타나며 한눈에 보기에도 대단히 아름답다. 이 때문에 특히 상감세공의 장식물로 좋은 값을 받는다. 이 나무들은 또한 좋은 냄새가 나는 수액을 분비하는데, 그것은 향기가 나는 양초의 재료가 된다. 수액으로 만들어진 양초는 밝은 빛으로 타들어가면서 주변을 향기로 가득 채운다. 히말라야 삼나무는 보통 연료로 사용되고 집을 지을 때도 사용된다. 식용으로 먹는 고기 중에서, 특히 그 지방에서 자란 짐승 고기가 식탁에 오르면 방 안은 독특한 냄새로 가득 찬다. 아르마딜로라는 야생의 작은 짐승인 경우에는 특히 그랬다. 이 동물에 대해서 할 수 있는 말은 그것이 코뿔소와 닮았다는 것이다. 몸이 온통 흰 색의 갑옷으로 뒤덮여 있어서 이 짐승이 움직일 때면 마치 그 갑옷만 걸어다니고 있는 것처럼 보이기도 한다. 덩치는 태어난 지 6주 정도 되는 돼지 정도였다.

이 땅에서 산출되는 각양각색의 이상하고 진기한 것 하나하나를 다 설명하려면 끝이 없을 것이다. 시저는 그러한 색다른 것을 알아보는 일을 좋아했다. 그러기 위해서는 종종 목숨을 잃을 수도 있을 대단한 모험이 필요했고 어떤 식으로든 위험을 각오해야 했다. 그런 계획을 세울 때 일행 중에 시저가 끼어있는 경우에는 우리는 위험에 대해서는 걱정하지 않았으며, 또 실제로 위험에 빠진 적도 없었다.

이곳에 도착했을 때, 나는 이 지역의 가장 멋진 집 가운데 하나인 세인트 존즈 힐에 숙소를 제공받았다. 그 집은 흰 대리석의 거대한 바위 위에 세워져 있었으며, 바위 기슭 아래로는 멀리까지 강이 흐르고 있었다. 그러나 강가로는 내려갈 수 없었다. 작은 파도가 바위 기슭으로 밀려들면서 바위를 씻기고 여울물 소리는 즐거운 음악 소리를 내며 흘렀다. 맞은편 강가에는 시시각각으로 변화하는 온갖 종류의 꽃들이 흐드러지게 피어 강변을 물들이고, 그 뒤로 온갖 진기한 형상과 색상으로 솟아난 나무들의 숲이 펼쳐져 있었다. 보는 사람으로 하여금 무한한 상상을 펼치게 하는 매혹적인 풍경이었다.

흰 바위 옆으로 강으로 향하는 오솔길이 있었다. 그 길은 오렌지와 레몬나무숲이라고 불러도 좋을 만한 것으로, 몰The Mall, 런던의 세인트 제임스 공원의 숲길 거리의 절반 정도의 넓이였다. 나뭇가지에 매달린 만개한 꽃들과 열매가 우듬지 근방에 우거져 있어 강한 햇살이 숲의 바닥까지 파고드는 것을 막아주었다. 또 강에서 상쾌한 바람이 불어와서 하루 중 가장 무더운 시간대에도 거기서는 시원하게 보낼 수 있었으며, 생기 머금은 꽃들은 보는 이들의 마음을 감미롭게 유혹했다.

단언컨대, 세상 어디에도 그 숲만큼 기분 좋은 곳은 없을 것이다. 이탈리아가 자랑하는 그 어떤 정원이라고 하더라도, 자연에 어떠한 인공을 가미한다 해도, 그 숲의 나무그늘을 뛰어넘을 만큼 멋지고 훌륭한 정원을 만들 수는 없을 것이다. 영국의 참나무처럼 거대한 나무가 어떻게 이 단단한 바위나 바위틈의 약간의 흙에 뿌리를 내릴 수 있는지 생각하면 놀라울 따름이다. 그러나 대지의 자연이 우리에게 제공하는 것이라면 모두 기분 좋고 즐거운 것이다. 그러나 사냥에 대해서라면 이야기가 달라진다.

종종 우리는 뜻밖의 공격 기회를 노려 어미가 먹이를 구하러 나간 동안 동굴에 있을 새끼호랑이를 찾아 나서곤 했다. 그래서 위기일발의 순간을 맞기도 하고 예상치 못한 순간에 어미의 습격을 받아 겨우 목숨을 건져 도망쳐 나온 적도 있었다. 번번이 그런 일을 당하면서도 우리는 사냥을 나갔는데, 어느 날 시저도 함께 동참했다. 그가 굴에서 새끼 호랑이를 살짝 안아 달아나려는 차에, 우리는 어미 호랑이와 딱 마주쳤다. 어미는 그 사나운 앞발로 암소를 잡았고 찢긴 꼬리부분을 입에 물고 동굴로 돌아오던 참이었다. 우리 쪽은 네 명의 여성과 저 위대한 올리베리안 Oliverian. 올리버 크롬웰Oliver Cromwell, 1599-1658) 영국의 장군으로 청교도의 정치가. 찰스 1세를 처형한 후 영국 공화국의 호민관이 되었다. 올리베리안은 그의 숭배자나 지지자, 부하를 총칭하는 말이다, 하리 마틴의 동생인 영국 신사 한 사람, 그리고 시저가 전부였다.

그 순간 우리는 이 사납고 굶주린 야수에게서 도망칠 수 없다고 생각했다. 그럼에도 여자들은 순식간에 달아나기 시작했다. 그러자 호랑이는 공격태세를 갖추기 위해 입에 물고 있던 먹이를 바닥에 내려놓았다. 바로 그때 시저는 안았던 새끼호랑이를 내려놓으면서 동시에 마틴의 칼을 뽑아들었다. 그러면서 한걸음 뒤로 물러서면서 그에게 여자들과 빨리 달아나라고 소리쳤다. 시저가 막아서지 않았다면 우리는 아무리 달아나봤자 목숨을 부지하지 못했을 것이다. 마틴 씨가 시키는 대로 하자, 시저는 힘껏 입을 벌리고 다가오는 거대한 덩치의 무서운 야수와 마주섰다. 시저 또한 무서운 눈으로 상대 야수의 눈을 날카롭게 그러나 조용히 노려보면서 빈틈없는 방어 자세를 취했다. 그런 다음 손에 든 검을 높이 들어서는 짐승의 가슴에 칼의 손잡이만 남도록 깊숙이 심장까지 찔러 넣었다. 죽음을 앞에 둔 야수는 단말마의 울음소리를 내며 분노와 괴로움으로 앞발을 뻗어 시저의 허벅지에 발톱을 박으려고 했다. 그러나 짐승의 긴 발톱은 깊게 파고들지 못했고 가벼운 상처를 입혔을 뿐이다.

무사히 일이 끝나자 시저는 우리에게 돌아오라고 소리쳤다. 그가 상대의 숨통을 완전히 끊어 놓은 것을 알고 나서야 우리는 다시 돌아갔다. 시저는 호랑이의 가슴팍에서 칼을 빼내는 중이었다. 호랑이는 땅 위에 자기가 흘린 피 속에 쓰러져 있었다. 시저는 새끼호랑이를 들어올렸다. 승리에 대해 크게 기뻐하는 내색도 없이 우리 쪽으로 와서는 호랑이 새끼를 내 발 아래 내려놓았다. 우리는 시저의 대담성에, 호랑이의 덩치에 다시 한 번 놀랐다. 호랑이는 두 살 정도의 암소만큼이나 컸고 팔다리는 그보다 훨씬 굵고 강했다.

한 번은 숲속에서 호랑이를 죽인 적이 있었다. 그 호랑이는 오랫동안 지역을 휩쓸고 돌아다니면서 목장주들에게 목숨과도 같은 양과 암소, 또 다른 가축들을 수없이 해친 걸로 악명이 높았던 놈이었다. 많은 사람들이 그 짐승을 잡으려고 도전했다. 총알로 맞추었다고 주장하는 사람도 있었고 그 중에는 분명히 심장까지 꿰뚫었다고 확신하는 사람도 있었다. 사람들은 모두 그 호랑이를 실제 살아있는 짐승이라기보다는 악마와도 같은 무서운 존재로 여기고 있었다.

시저도 그 괴물과 기꺼이 대면해보고 싶은 생각이 들어, 거의 잡을 뻔했던 사람들을 만나서 이야기를 듣기도 했다. 신사들 중 한 명은 독화살로 맞추었다고 했고, 또 다른 사람은 총으로 명중시켰다고 했다. 그와는 다른 부위에 총알을 맞혔다고 주장하는 사람도 있었다. 그는 총탄에 맞았다는 부위를 잘 기억해둔 뒤 사람들이 명중시켰다는 위치와 다른 지점에 상처를 입혀 그 짐승을 쓰러뜨리기로 마음먹었다.

어느 날 식탁에서 그가 말했다.

"부인, 당신의 소중한 새끼 양과 돼지를 잡아간 그 탐욕스런 야수의 심장을 가져오면 내게 어떤 선물과 명예를 주겠습니까?"

우리는 저마다 충분히 사례하겠다고 약속했다. 시저는 화살통에서 신중하게 화살을 고른 다음, 신사 두 사람과 함께 그 대식가가 숨어 있다고 생각되는 숲으로 들어갔다. 그리 멀리 들어가지 않아서 그들은 짐승의 으르렁대는 울음소리를 들을 수 있었다. 포효하는 소리는 마치 참을 수 없는 기쁨으로 울부짖는 것처럼 들렸다. 마침내 야수가 보이는 곳까지 이르렀다. 호랑이는 새로 잡아온 양을 발톱으로 찢고서 그 뱃속에 코를 처박고 있다가 사람이 가까이 온 것을 깨닫고는 먹잇감을 앞발로 꽉 누르고 화가 난듯 사나운 눈으로 무섭게 노려보았다. 그러나 수중의 먹이를 뺏기지 않으려고 시저 쪽으로 덤벼들지는 않았다.

시저는 활을 겨눈 채 자신이 원하는 부위를 맞출 기회를 노리며 가만히 기다리고 있었다. 목적이 달성되기까지는 조금 더 시간이 필요했다. 상처만 입히고 죽이지 못하게 되면 오히려 상대를 격분시켜 신변에 위험을 불러올 수 있었기 때문이었다. 그는 화살통을 허리에 두르고 있었는데, 만약 한 개의 화살이 실패하면 곧바로 다음 화살을 사용할 수 있어야 했다.

시저는 조금 뒤로 물러서면서 짐승이 먹이를 먹을 시간을 주었다. 그는 그 짐승이 대단히 허기져 있었음을 알았다. 그가 뒤로 물러서는 것을 보고 호랑이는 더 이상 덤빌 생각 없이 먹는 일에만 열중했다. 시저는 발소리를 죽이고 짐승의 한쪽으로 돌아서 우거진 수풀 뒤로 몸을 숨겼다. 그리고 정확하게 잘 겨눈 후에 자신이 생각한 바로 그 지점, 짐승의 눈을 향해 화살을 쏘았다. 화살은 그가 목표했던 눈을 정확히 명중시켰다. 호랑이는 공중으로 튀어 올랐다가 미친 듯이 날뛰었다. 다음 순간 두 번째 화살이 꽂혔고 결국 호랑이는 자신의 먹잇감 위에 털썩 쓰러지면서 숨을 거두었다.

시저는 단검으로 짐승의 몸을 절개한 뒤 전에 들었던 상처의 위치와 또 그런 상처를 입고서도 어떻게 살아있었는지를 조사했다. 그런데 지금 내가 하는 말은 아마 남자들은 도저히 믿기 어려울 것이다. 세상의 통념은 어떤 짐승이든 심장을 다치면 죽음을 면하기 어렵다고 하기 때문이다. 그러나 그 용맹한 짐승의 심장에는 납으로 만든 총알이 무려 일곱 개나 박혀 있었던 것이다. 상처는 커다란 흔적으로 남아 있었는데 오래 전에 총알에 맞았던 것으로 보였다.

승리자는 호랑이의 심장을 꺼내들고 우리가 있는 곳으로 돌아왔다. 도처에서 그 신기한 것을 구경하러 사람들이 몰려들었다. 그 일은 시저에게 일어난 많은 뛰어난 전쟁의 경험담이나 기이

한 탈출담을 끌어내는 이야기의 계기가 되었다.

또 시저는 한가할 때면 낚시를 하러 가곤 했다. 낚시의 즐거움에 관한 이야기를 나누면서 그는 그 지방에 '전기뱀장어'라는 특이한 물고기가 서식한다는 말을 자주 들었다. 그 뱀장어라면 나도 먹어본 적이 있다. 그런데 그 물고기는 워낙 차가운 기운을 가지고 있어서 낚시 장대에 매달린 줄이 아무리 길어도 물고기가 미끼를 건드린 순간 낚싯대를 잡고 있던 사람은 남자든 여자든 곧바로 마비되어 버린다고 했다. 심한 경우에는 정신을 잃기까지 하는데, 뱀장어가 미끼를 건드릴 때 강둑에 선 채로 기절한 경우나 아니면 강물에 빠져버린 경우도 종종 있었다는 것이다.

그런 이야기들을 들을 때마다 시저는 웃어넘기곤 했다. 물고기가 미끼를 건드렸다고 해서 덩치 큰 남자가 기절한다는 일은 도무지 있을 수 없는 일이라고 생각했다. 그리고 그 물고기가 가진 특이한 차가운 기운도 이해할 수 없었다. 그러면서도 자기도 다른 사람들과 똑같은 경험을 하게 될지 한 번 시험해보고 싶다는 호기심이 생겨 몇 번인가 시도해보았지만 기회가 오지 않았다.

그러던 어느 날 시저가 강가에서 낚싯줄을 드리우고 있는데 그렇게 기다렸던 뱀장어가 미끼를 물었다. 그러나 그는 낚시 장대를 내던지거나 물고기를 물 밖으로 단번에 잡아채려고 하지 않았다. 아마 그랬다면 그 물고기를 잡았을 수도 있고 아니면 감당하기 힘든 차가움으로 장대를 던져버렸을 수도 있었다. 그 대신 그는 장대를 단단히 붙들고 있었다. 그러다가 정신을 잃고 강물 속으로 떨어졌다. 의식을 잃은 중에도 장대를 붙든 채로 강물에 휩쓸려가던 중 인디언들의 배가 떠내려가는 그를 발견하고 건져냈다. 그의 몸을 만지다가 마비될 것 같은 찬 기운을 느낀 인디언이 그가 손에 여전히 장대를 잡고 있다는 것을 알았다. 그들은 노로 낚싯대를 당겨서 뱀장어와 나머지 것들을 보트 안으로 끌어올렸다.

만약 그때 시저가 목숨을 잃었다면 그 원인은 물고기에게 있다고 보기보다는 물에 빠져 죽었다고 보는 쪽이 맞을 것이다. 강물을 따라 거의 1리그거리의 단위. 약 3마일나 떠내려갔기 때문이다. 그의 호흡을 되살리려고 한바탕 소동이 있고나서 그는 다시 숨을 쉬게 되었다. 사람들이 집으로 데려오고 두세 시간 정도 지난 후에는 완전히 기운을 회복했다. 그가 뱀장어 같은 물고기에게 당했다거나 또는 물고기에게 도전했다는 소문이 나면 모두가 자신을 비웃을 것이라는 생각으로 그는 그 일을 부끄럽게 여겼다.

그러나 우리는 그의 기운을 북돋아주었다. 기분을 풀어주기 위해서 우리는 저녁 식사로 그 뱀장어를 요리해 먹었다. 뱀장어 한 마리의 4분의 1정도였지만 그 고기는 정말 맛이 있었다. 사실 그것은 맛 이상으로 귀중한 것이기도 했다. 용감한 한 남자의 생명과 거의 맞바꾼 것이기도 했던 것이다.

10장

그 시기는 영국인들과 인디언들 사이에 벌어진 분쟁으로 인해 우리 모두는 대단히 중대한 위험 속에서 지내던 중이었다. 그래서 인디언 마을이나 그들이 거주하는 다른 지역으로 가야할 일이 생기면 여럿이 아니면 마음 놓고 방문할 수가 없었다. 원주민들이 언제 공격해올지 알 수 없기 때문이었다. 내가 그 지역을 떠난 직후에도 그런 일이 일어났다. 네덜란드가 통치하고 있던 시절이었는데, 그들은 영국인들만큼 인디언을 존중해주지 않았다. 인디언들은 사람을 붙잡아 여덟 등분으로 사지를 가르고 또 가옥에 침입하여 어머니를 죽이고 그 앞에서 아이들의 목을 매달아 죽이기도 했다. 내가 떠나온 뒤 남아 있던 하인도 난도질당한 채 나무에 못으로 박혀 죽어 있었다.

원주민들과의 반목은 내가 그 지역에 체류할 즈음에 이미 생겨나 있었다. 그래서 나는 인디언 마을을 구경하고 싶었던 애초의 계획을 거의 단념하고 있었다. 어느 날 그런 불운에 대해 이야기하고 있었는데, 시저는 그런 걱정은 하지 않아도 된다면서 꼭 가보고 싶다면 자기가 호위하겠다고 제안했다. 몇 명이 같이 가겠다고 나섰다. 나머지 사람들은 위험을 감수하면서까지 가고 싶지는 않다고 했다.

함께 가기로 결심한 사람은 열여덟 명 정도였다. 우리는 거룻배에 타고 8일 동안 항해한 뒤 어느 인디언 마을 가까운 곳에 상륙했다. 마을이 가까워지자 다시 몇 사람이 뭍으로 올라갈 용기를 내지 못했다. 그래서 우리는 누가 가고 누가 남을지 투표로 결정하기로 했다. 나는, 시저가 간다면 나도 가겠다고 했다. 그는 가기로 결정했다. 나의 남동생이 같이 가기로 했고 나의 하녀 또한 용감한 면이 있어서 함께 가기로 정했다.

그런데 우리들 중 누구도 그 지역 원주민들의 말을 알지 못했다. 그들이 무슨 말을 하는지 알아듣지도 못한 채 멀뚱히 쳐다보다가 말 중간에 주의를 돌리게 될 상황을 떠올리면서 우리는 강 하구에 오래 살았고 지금도 살고 있는 어부 한 사람을 고용해서 함께 가달라고 부탁하기로 했다. 그 사람은 인디언과 무역거래로 얼굴이 잘 알려져 있었고 또 그곳에서 워낙 오래 살았던 탓에 피부도 완전히 인디언처럼 보였다. 우리는 주민들이 지금껏 본 적이 없는 사람, 즉 백인을 보고 깜짝 놀라게 해주고 싶다는 생각을 했다. 그래서 나와 동생, 하인이 앞장서기로 했다.

그렇게 해서 시저와 어부, 나머지 사람들은 갈대와 꽃이 무성한 강둑의 수풀에 몸을 숨기면서 마을로 이어지는 길을 따라갔다. 몇 채의 집, 집이라기보다는 오두막에 가까운 곳까지 이르렀을 때, 우리는 춤을 추는 몇 명의 인디언과 강에서 부지런히 물을 떠서 나르고 있는 인디언들을 보게 되었다.

그들은 우리를 보자마자 큰 소리를 질렀다. 처음에는 우리도 겁이 났다. 우리를 죽이기 위해 사람들을 부르고 있다고 생각했기 때문이었다. 그러나 그 소리는 아무래도 놀라서 지르는 소리처럼 들렸다. 그들은 모두 벌거벗고 있었다. 한편 우리는 더운 나라에 어울릴 만한 옷차림을 하고 있었는데, 하나같이 반짝거리고 호사스러운 것들이어서 겉보기에 대단히 멋져 보였다. 나는 짧은 머리에 검은 깃털이 달린 호박단琥珀緞 모자를 쓰고 있었고 동생은 은단추와 녹색 리본이 달린 모직 옷을 입고 있었다.

이 모든 것들이 그들에게 놀라움을 불러 일으켰다. 우리가 조금씩 가까이 다가갔지만 그들은 움직이지 않고 그대로 서 있었다. 그래서 우리는 용기를 내어 그들에게 손을 내밀어 보았다. 그들은 우리 손을 잡고서 우리를 여기저기 훑어보았다. 그리고는 더 많은 사람들을 불러들였다. 어디선가 사람들이 꾸역꾸역 몰려들면서 하나같이 놀란 표정으로 "테피메"라고 소리쳤다. 그들은 자기 머리카락을 잡고 그것을 옆으로 펼치는 흉내를 냈다. 그것은 마치(사실 그런 의미였지만) '헤아릴 수 없이 많은 놀라움'을 뜻하는 것처럼 보였다. 다시 말해 자신들의 머리카락 수만큼 헤아릴 수 없는 놀라움을 표현했던 것이다.

처음에는 다만 우리를 눈으로만 구경했지만 그들은 점점 더 대담해져서 우리 몸을 만져보고 눈이나 코를 건드려보고 또 가슴을 만지거나 치마를 잡아당기며 신기한 듯 살펴보았다. 그러다가 신발과 양말을 유심히 보더니 그 중에서도 특히 양말대님에 감탄을 표시했다. 우리는 그것을 끌러 그들에게 주었다. 가장자리가 은색 끈으로 묶여 있었는데, 그들은 그 끈을 풀어 자기 무릎에 묶기도 했다. 빛나는 것은 무엇이든 귀한 것으로 여겼기 때문이었다.

우리는 그들이 원하는 대로 우리를 검사하도록 내버려두었다. 우리는 그들이 언제까지나 감탄하고 있지만은 않을 것이라고 생각했다. 우리가 그렇게 신기한 취급을 받고 있는 것을 보고 시저와 나머지 사람들도 우리 쪽으로 왔다. 그들 중에는 원주민들이 알고 지내는 인디언 상인이 있었다. (우리는 인디언 상인이라 불리는 어부들과 교역을 했다. 왜냐면 원주민들은 거주지에서 멀리 나오는 것을 좋아하지 않았고, 우리도 그들이 사는 곳까지 들어가는 일이 없었기 때문이다.) 원주민들은 중개상이 함께 왔다는 것을 알게 되자 새삼 반가워서 자기들의 언어로 소리 질렀다.

"오, 티가미가 왔다. 이제 이 사람들이 무슨 말을 하는지 알 수 있게 되었다."

원주민들은 그에게로 다가갔다. 몇 명은 그에게 손을 내밀기도 했다. 그리고 "아모라, 티가미"하고 소리쳤다. 그 말은 "어이,

안녕하신가?"라거나 "잘 왔네, 친구여!"라는 뜻이었다. 그런 다음에는 모두가 한꺼번에 와자지껄 빠른 말로 물어보기 시작했다. 여기 와있는 이 사람들도 분별심과 지혜를 가진 사람인가? 자기들처럼 생활이나 싸움에 대해 말할 수 있는가? 자기들처럼 사냥이나 수영은 할 줄 아는가? 또 자기들이 할 줄 아는 온갖 것들에 대해서 물었던 것이다.

그는 물론 우리도 할 줄 안다고 대답했다. 그러자 주민들은 우리를 자기네 집으로 데리고 갔다. 사슴고기와 물소고기를 준비하고 밖에 나가 6야드 정도 길이의 '사름보'라고 칭하는 나뭇잎을 한 장 주워왔다. 그것을 테이블보 대신 흙 위에 펼친 다음 또 다른 나뭇잎을 잘라서 접시 대용으로 늘어놓았다. 그리고는 우리를 작고 낮은 인디언 식의 걸상에 앉도록 했다. 이 걸상은 통나무를 잘라 그 위에 옻칠을 해서 만든 것이었다. 그들은 각자의 음식을 나뭇잎에 담았다. 음식은 맛있었지만 고추가 너무 많이 들어있었다.

식사가 끝나자 남동생과 나는 피리를 꺼내 연주를 들려주었다. 그들은 다시 한 번 놀라워했다. 놀라는 모습이 너무도 자연스러워서 그들이 완전히 무지하고 지극히 소박하다는 점을 알 수 있었다. 그런 사람들에게 터무니없는 새로운 종교를 심어주거나 또는 관념이나 거짓된 것을 주장하게 만드는 일쯤은 전혀 어렵지 않다는 점도 알 수 있었다. 우리 일행 중에 한 사람이 볼록렌즈를 이용해서 종이에 불을 붙이는 마술을 보여주자, 한 번도 그런 것을 본 적이 없는 그들은 금방 그 사람을 신으로 숭배했던 것이다. 그의 이름을 상형문자거나 아무튼 어떤 모양으로든 그려달라고 간청하면서 그것으로 바람과 폭풍을 막는 주술로 삼고 싶다고 했다. 그가 이름을 써주자, 그들은 폭풍우가 닥치면 그 이름을 높이 매달아 바람을 잠재울 수 있다고 믿으면서 신성한 것으로 소중하게 간직했다.

그들은 대단히 미신적이어서, 마술을 부린 사람을 '위대한 피이Peeie' 즉 '대예언자'라고 불렀다. 그러면서 자신들의 인디언 피이를 소개했다. 16살 정도의 젊은이로 눈에 띄게 아름다운 미소년이었다. 그는 어린아이일 때부터 아름다운 젊은이로 신성시되어 길러진다고 했다. 그들이 가진 모든 기술을 동원하여 그로 하여금 아름다움과 예절형식, 모든 방면에서 최고의 모양을 갖추도록 했다. 그들이 가진 모든 기예와 기량을 다해서 그를 교육시키는 것이다. 그 교육은 마술 같은 트릭이나 속임수, 즉 말로 사람을 속여 넘기는 기술이었으며, 그래서 인디언 피이는 신성함을 지키고 병을 낫게 하는 의사와 같은 존재였다. 속임수를 써서 병자의 환부에서 작은 뱀이나 특이한 파리나 벌레, 그 외에 이상한 것들을 끄집어내서 보여준 뒤 고통이 가라앉을 것이라고 병자를 믿게 하는 것이다. 많은 경우, 명백한 치료법이 있음에도 불구하고 약이 아닌 주술을 사용하여 치료함으로써 주민들은 그를 무서워하면서도 좋아했고 그리고 숭배했다.

젊은 피이에게는 어린 아내가 있었다. 내 동생이 그녀에게 입맞춤하는 것을 보자 그는 달려와서 내게 키스를 했다. 그런 다음, 부부는 서로에게 입맞춤을 했다. 그들에게는 처음 있는 일이었으므로 그것은 대단한 즐거움이었다. 주위에 있던 사람들은 감탄하기도 하고 소리내어 웃기도 했다. 알지도 못했고 해본 적도 없었기 때문에 그들에게는 잊지 못할 행동이었을 것이다.

시저는 그들의 족장을 만나 이야기를 나누고 싶어 했다. 그래서 우리는 주거지 한 곳으로 안내되었다. 그 집에서 우리는 회의를 하고 있는 몇 명의 전사들을 볼 수 있었다. 그 광경은 상상조차 할 수 없는 무서운 것이었다. 어떤 악몽을 꾸었다 해도 그보다 더 끔찍할 수는 없을 것이다. 내 눈에 비친 그들은 인간이라기보다는 도깨비 같은 괴물이거나 악귀들처럼 보였다. 그러나 그 모습이 어떻게 보이든 그들의 영혼은 매우 인간적이고 고결했다. 어떤 사람은 코가 없었고 또 다른 사람은 입술이 없었다. 코도, 입술도 없는 사람도 있었고 귀가 없는 사람도 있었다. 또 양쪽 뺨에 길게 잘려나간 상처 사이로 이빨이 보이는 사람도 있었다. 그 외에도 여러 곳에 무서운 흉터를 가지고 있었으며, 손이나 발이 없는 사람도 있었다.

그들은 '코미샤스' 즉 작은 치마 같은 것으로 앞을 가리고 무명천의 띠를 둘러 거기에 주머니를 달아 단검을 빼고 꽂았다. 등에는 활을 매고 화살통은 허벅지에 매달았으며, 머리에는 갖가지 색상의 깃털을 꽂고 있었다. 우리가 안으로 들어서자 그들은 "아모라, 티가미"라고 외쳤다. 우리도 똑같이 인사하자 그들은 무척 기뻐했다.

그들은 우리를 자리에 앉게 하고 좋은 술을 대접했다. 그들 역시 다른 사람들과 마찬가지로 놀라워하는 눈으로 우리를 쳐다보았다. 시저도 그들이 전쟁에서 어떻게 싸웠길래 그런 무시무시한 부상을 입게 되었는지 의아해하며 경이로운 눈으로 그들의 얼굴을 바라보았다. 신성한 싸움터에서 입은 상처라고 하기에는 어떤 분노나 증오의 무서운 증표처럼 보이는 상처의 내막이 알고 싶어 그는 조바심을 내고 있었다.

통역을 통해 그들이 우리에게 들려준 이야기는 다음과 같았다. 전투가 일어나게 되면, 노장수, 즉 싸움터에 나가 싸우는 일은 이미 과거지사가 되어버려 지금은 전쟁 기술을 가르치는 일을 맡고 있는 늙은 장수가 두 명의 용사를 선출한다. 두 사람은 장수, 즉 우두머리의 역할을 놓고 경쟁을 벌이게 된다. 그리고 역시 지금은 업무를 보지 않는 늙은 재판장 앞에 불려 나와서 본인이 전사들을 이끌 자격이 있음을 증명하는 어떤 용맹성을 보여줄 수 있는가를 질문 받게 된다. 그러면 먼저 질문을 받은 남자는 말없이 자기 코를 베어낸 다음, 가소롭다는 듯이 그 코를 땅에 던져버린다. 두 번째 남자는 상대방보다 더 좋은 것으로 생각되는 행동을 자기 육체에 가한다. 예를 들어 입술을 자른다거나 한쪽 눈을 도려내거나 하는 것이다. 그런 식으로 상대의 숨이 끊길 때까지 자기 몸을 토막치듯 처참하게 베어내는 일이 계속된다. 이런 대결로 지금까지 많은 사람이 목숨을 잃기도 했다.

그런 자해적인 용맹성으로 그들은 자신의 힘을 증명해 보였던 것이다. 시저로서는 결코 동조할 수 없는 너무도 야만적이고 무모한 용기였지만, 그래도 그는 예의를 갖추어 그 전사들에게 존경을 표시했다.

그 방문을 통해서 시저는 인디언들과 영국인 사이의 상호 이해심을 가져올 수 있었다. 그래서 우리는 그곳에 머무는 동안 어떤 위험이나 적대적인 감정이 없이 완전히 편안한 마음으로 자유롭게 상품을 거래할 수 있었다. 이 짧은 여행 중에 우리는 많은 놀랍고도 특별한 일들을 경험했다. 이점은 시저가 우리, 특히 그가 진정으로 사랑하는 이모인다를 기쁘게 해줄 일을 찾아내는 것이 자신의 본분이라고 여겼기 때문이었다. 이모인다는 우리가 모험에 나설 때면 늘 함께 하곤 했는데, 우리는 가능한 그녀를 친구처럼 편안하게 대해줌으로써 시저에게 감사와 경의를 표시했다.

여행에서 돌아오는 도중에 우리는 또 다른 낯선 모습의 인디언들을 만났다. 그들은 우리 지역에 있는 인디언들보다 훨씬 몸집이 컸고 얼굴 생김새도 달랐다. 노잡이 인디언 노예들이 그들에게 몇 가지 질문을 던졌으나 그들은 우리말을 전혀 알아듣지 못했다. 그 대신 그들은 매듭이 달린 기다란 명주끈을 보여주면서 자신들은 그 매듭의 숫자만큼 달을 지나서 산에서부터 내려오는 길이라고 했다. 그들은 한 번도 본 적이 없는 짐승 가죽옷을 걸치고 사금이 든 자루를 들고 있었다. 그들의 이야기를 듣고 우리가 추측한 바로는 비가 오면 높은 산에서 내려오는 작은 계곡에서 그 사금을 채취한 것이었다. 또 산을 오르는 사람은 누구나 그 계곡을 따라 올라간다고 했다.

우리는 그들을 파람으로 데려갔다. 그들은 총독이 올 때까지 그곳에 머물렀다. 지역의 모든 사람들이 사금을 찾으러 가겠다고 큰 소동이 일어났기 때문에 (약간의 사금을 받은) 총독은 서면으로 아마존 강이라고 불리는 그 강의 하구에 보초를 세우도록 명령을 내렸다. 금이 있는 산으로 가는 길, 즉 계곡을 따라 올라가는 길을 막았던 것이다. 그런데 그 명령이 실행되기 전에 우리는 영국으로 돌아왔으며, 총독은 폭풍우를 만나 세상을 떠나고 말았다. 그래서 그 계획은 영영 수포로 돌아갔거나 아니면 네덜란드인들이 이득을 챙겼거나 둘 중 하나였을 것이다. 나중에 미국이 그 지역을 차지함으로써 우리 국왕폐하가 잃은 손실은 정말 애통한 것이 되고 말았다.

다소 이야기가 옆으로 벗어났지만, 그러나 이 이야기 속에도 용감한 한 남자의 흥미로움과 대담성을 보여주는 요소가 있으므로 시저의 인물됨을 밝히려고 하는 나는 이 이야기를 굳이 생략하고 싶지는 않다.

이런저런 일들로 시저의 관심이 다른 데로 쏠리고 있는 동안 이모인다가 임신을 했다는 사실이 눈에 띄게 분명해졌다. 이모인다는 남편과 자기 자신, 더구나 아직 태어나지도 않은 아기기 이미 구속된 신세라는 점을 슬퍼하고 탄식하며 하염없이 눈물을 흘렸다. 두 사람이 자유의 몸이 되는 것도 어려운데 셋이 되면 더욱 어려워질 것이라는 생각을 물리칠 수 없었던 것이다. 그녀의 비탄은 시저의 불굴의 가슴에 무수한 화살이 되어 박혔다. 그러던 중에 기회가 왔다.

11장

어느 일요일이었다. 그날은 거래도 많았고 4년 계약의 노예매매도 잘 끝났기 때문에 흑인 거주 지역에 살던 백인들이 모두 술을 마셨다. 일요일은 보통 그들이 술자리를 벌이는 날이었다. (평소에 그들은 시저의 감시자 역할을 했다.) 시저는 백인들에 대한 호의를 가장해 그들과 함께 주연에 참석했다. 그러면서 음악을 할 수 있는 사람들을 시켜 300명 정도의 흑인들을 불러 모으고 특별 행사를 열도록 지시했다.

그들 가운데 절반 정도는 항상 무기를 휴대하고 있었다. 따라서 마음만 먹는다면 충분히 목적을 달성할 수 있었다. 영국인들에게는 녹슨 칼밖에 없었으며, 칼에 기름칠을 하면서 언제라도 싸울 준비가 되어 있는 주의 깊은 소수의 사람들을 빼고는 칼집에서 칼을 뽑을 힘도 없는 사람들이었다. 영국에서 새로 들어온 것들이거나 아니면 여기저기 한 자루씩 흩어져 있는 총도 그것이 득이 될지 해가 될지 알 수도 없었다. 이 나라의 기후풍토가 금과 은을 제외하고는 어떤 금속이든 철이든 모조리 녹슬게 하고 부식시켜 버리기 때문이었다. 영국인들은 활을 다룰 줄 몰랐고 흑인과 인디언들은 모두가 활쏘기에 능숙한 달인들이었다.

시저는 여자와 아이들을 남겨두고 남자들만 따로 불러낸 뒤, 그들을 향해 노예 신분의 비참성과 치욕에 대해 열변을 토했다. 무거운 짐과 힘든 노역에 시달리며 뼈가 빠지게 일하고 있는 노고를 하나씩 꼽으면서 노예란 인간이 아니라 짐승이며, 영혼을 가진 사람이 아니라 분별이 없는 야수나 다름없다고 주장했다. 그것도 며칠이거나 몇 개월이 아니라 영원히 계속되는 것이며, 끝없는 그 불행은 억압 속에서도 명예와 불굴의 정신을 위해 견디는 남자의 괴로움과는 전혀 다른 것이라고 했다. 그것은 채찍질을 당하고 사슬이 채워지는 것을 좋아해서 맞으면 맞을수록 꼬리치며 알랑거리는 개와 같으며, 하늘이 내려준 인간의 본성을 버리고 무조건 참을 줄밖에 모르는 둔해터진 당나귀나 마찬가지라고 했다. 아니, 그보다 더 나쁜 것이라고 했다. 당나귀나 개와 말은 자기에게 주어진 일이 끝나면 자기 집에 박혀 잠이나 자고 다시 일어나 일하겠지만, 그리고 제 일을 하는 동안에는 채찍질 당할 일도 없지만, 그러나 인간, 열등하고 어리석은 인간들은 그 '검은 금요일'Black Friday. 부활절 전의 금요일. 예수의 십자기에서의 수난을 기념하는 교회의 제일. 이 날 목사가 검은 옷을 입는 일이 많아 이렇게 말한다. 금요

일은 예수가 처형당한 날로, 불길한 일이 많이 일어난다고 한다까지 힘들게 한주를 노역에 시달려야 하는 것이다. 더구나 그가 일을 하든 하지 않든, 일을 못 하든 잘 하든 아무 상관도 없이, 아무 잘못도 없는 사람조차도 동료인 노예로부터 몸 구석구석 피가 방울져 흐를 때까지 더러운 채찍질과 추악한 매질을 당하고 있는 것이다. 그 피의 마지막 한 방울까지도 그것을 강요한 폭군의 목숨으로 보상받아야 하는 것이다.

"그런데 왜?" 그가 말했다. "사랑하는 친구이면서 나와 함께 고통 받는 동료들이여, 우리는 왜 알지도 못하는 인간들의 노예여야 하는가? 그들이 정정당당한 싸움으로 우리를 정복했는가? 명예를 건 전투에서 우리를 이겼는가? 그렇다면 우리의 고결한 영혼도 분노하지 않을 것이다. 또 전사로서의 영혼이 끓어오르지도 않을 것이다. 그렇지 않았다. 우리는 여자나 바보나 비겁한 작자의 농락으로 원숭이처럼 팔려온 것이다. 우리가 지켜주는 그 사람들은 하나같이 강탈과 살인과 절도와 극악한 짓을 일삼던, 고국을 버리고 온 악당과 부랑자들이다. 그대들은 매일처럼 그들이 미개한 야만인보다 더 추악한 모습으로 서로의 악행을 헐뜯고 있는 것을 듣지 못하는가? 가장 비천한 짐승과 인간을 구별해주는 인간다운 미덕이라곤 찾아볼 수도 없는, 저 타락한 무리에게 어째서 우리는 순순히 복종하고 있는가? 분명히 물어보겠다. 여러분은 저 사람들의 손에 채찍질 받으며 가만히 당하고만 있겠는가?"

그들은 일제히 한목소리로 대답했다. "아니, 아니, 그렇지 않다. 시저의 말이야말로 진정한 왕의 말이며 대장다운 말이다."

시저가 계속 말을 이어가려고 할 때 키가 큰 흑인 한 사람이 나섰다. 그는 보통 사람보다 신분이 높은 자로, 이름은 투스칸이었다. 그는 시저의 발아래 무릎을 꿇고 말했다.

"나의 군주시여, 우리는 당신의 말씀에 귀를 기울이고 기쁜 마음으로 경청하였습니다. 만약 우리가 다만 한 명의 남자라면, 위대한 분을 따라 이 세상 어디까지라도 함께 할 것입니다. 그러나 오! 우리는 남편들이며, 자식들의 아버지입니다. 우리에겐 목숨보다 더 소중한 것들이 많다는 점을 알아주십시오. 우리의 아내와 자식들은 사람이 다니지 않는 길이나 숲이나 산과 늪지를 여행하는 일에 알맞지 않습니다. 험난한 벌판을 지나야 하고 강을 건너고 산을 넘어야 하며 굶주린 야수와도 맞서야 하기 때문입니다."

이 말에 대해 시저는 다음과 같이 대답했다. 명예심이야말로 우리의 본성이 반드시 지켜야할 첫 번째 원칙이다. 명예를 대원칙으로 삼는 사람은 용감하고 자애롭고 어질며 헌신적인 사람이며, 정의와 이성에 기반하여 행동하는 사람이므로 자기 몸처럼 그 아내와 아이를 소중히 여길 것이다. 여기에는 모순이 없다. 또힌 그는 동료를 해방시켜 자유의 영광 속으로 이끌어내려고 할 것이다. 자기 자신보다 더 소중한 사람을 채찍을 든 폭군의 손이 귀 아래 벌 받도록 버려두는 일은 결코 하지 않을 것이다. 만일 여러분 중에 애정도 미덕도 더럽혀져 목숨을 걸고 남편을 따르기보다는 차라리 노예의 몸으로 남기를 원하는 여자가 있다면, 그러한 여자는 우리 공동의 적의 희생물이 되도록 버려야 할 것이다.

이 말에 대해 모두 동의의 뜻으로 머리를 숙였다. 그러자 시저는 통과하기 힘든 숲이나 강에 대해 설명하면서 위험이 클수록 그만큼 영광이 커진다는 점을 납득시키려 했다. 예를 들어, 옛날 한니발이라는 위대한 장군은 바위로 된 산길을 뚫고 진군했다는 이야기를 들려주었다. 만약 작은 덤불이 앞길을 막는다면 거기에 불을 놓으면 되지 않는가? 죽음이냐 승리냐를 결심한 남자들에게 있어 그러한 숲은 구차한 변명일 뿐이다. 늪지는 약간의 노동으로 메워서 단단하게 할 수 있다. 강물은 장애라고 할 것도 없다. 그들은 원래 태어나면서부터, 또 습관으로 누구나 헤엄을 칠 수 있다. 아이가 지치면 교대로 업어주면 된다. 숲이 있으니 부지런하기만 하면 음식은 걱정하지 않아도 된다. 그의 설명을 들으면서 일동은 기꺼이 동의했다.

투스칸이 어떻게 할 것인지를 물었다. 시저는 말하기를, 그들은 바다를 향해 갈 것이며, 거기서 새로운 땅을 개척하여 힘으로 그곳을 지킬 것이다. 그러다가 사나운 날씨나 혹은 신의 인도에 의해 그곳으로 들어오는 배가 있으면 즉시 배를 공격하여 빼앗을 것이다. 전리품으로 뺏은 배를 타고 그들은 고국으로 돌아갈 것이며, 고국에 도착하기만 하면 다시 자유의 몸으로 살아갈 수 있다. 고난을 겪은 사람들은 용감하게 자유를 찾은 대담하고 용맹한 사람으로 존경받고 기념될 것이다. 계획을 실행하는 과정에서 목숨을 잃는 사람이 있을 수 있다. 그러나 영원히 노예의 몸으로 살아가느니 그편이 훨씬 더 나을 것이라고 했다.

사람들은 그의 결심을 알고 머리를 숙여 그의 발에 입을 맞추었다. 모두 그를 따라가겠다고 맹세했다. 그날 밤, 탈출이 시작되었다. 남자들은 아내에게 사실을 말해주고 각자 해먹을 어깨에서 팔로 둘러 묶게 한 다음, 걸을 수 있는 아이는 손을 잡고 걸을 수 없는 아이는 업도록 했다. 남편의 말에 절대적으로 순종하는 여자들은 시키는 대로 준비한 뒤, 지시받은 장소에서 남편을 기다렸다. 남자들은 뒤에 남아서 손에 넣을 수 있는 한 모든 호신용 무기를 챙겨 몸에 지녔다. 정해진 장소에 모두 도착했을 때, 시저는 다시 한 번 그들을 격려한 다음 무리의 선두에서 길을 이끌었다.

그날 밤 동안 그들은 그다지 멀리 가지 못했다. 월요일 아침이 되자 일찍 일을 시키려고 노예들을 호출했던 감독들은 깜짝 놀랐다. 노예들이 어린애 한 명 남김없이 몽땅 짐을 챙겨 달아났다는 사실을 알게 되었기 때문이다. 독자 여러분도 쉽게 상상할 수 있겠지만, 이 일은 곧바로 지역의 농장 전체에 전해졌고 멀리까지 퍼져나갔다. 정오 무렵이 되어 탈주 노예들을 잡기 위해 600명 정도의 이른바 시민군이 만들어졌다.

그러나 전투를 위해 나서는 군대로 보기에는 다소 우스꽝스러운 데가 있었다. 이런 반란은 나쁜 전례를 남기게 되고 다른 식민지에도 치명적인 영향을 미칠 수 있으므로 모두 함께 공동 전선을 펴는 것이다. 그런데도 모두 자기 일이 아니라는 듯 의욕이 없어 보였다. 무엇보다 사람들은 시저를 좋아했고 한편으로는 파람인(파람 농장 사람들)에게 반감을 품고 있었던 것이다. 첫 번째 이유로는 그들이 총독을 싫어했으며, 두 번째는 시저가 속임수에 걸려 노예로 넘겨졌다는 점을 알고 있었기 때문이었다. 게다가 지역의 상류층 인물들 중에 시저에게 도움을 주는 사람도 있었고 또 자기들 노예를 전부 빼앗긴 것도 아니었기 때문이었다. 그래서 상류층 인사들은 그 일에 굳이 참견하고 싶지 않았던 것이다.

부총독인 바이암에 대해서는 아직 말할 기회가 없었지만 그는 보기 드물게 간사스럽고 말만 내세우는 사람이었는데 그동안 시저와는 겉보기에는 친하게 지냈다. 그런데 누구보다도 그 남자가 가장 강경한 입장을 취했다. 그다지 중요한 인물도 아니고 겁낼 만한 인물도 아니었으나 보통 사람들에 비해서 언변이 뛰어났다. 그의 품성에 대해서라면 저열한 노예와 비교해도 크게 말이 안 될 것도 없었다. 그 남자가 시저를 찾으려고, 아니 잡으려고 무리의 지휘를 맡았다. 무기는 이른바 '구미호채찍'혹이 달린 아홉 개의 끈이 달린 채찍. 죄인을 때리는 데 사용했다이라고 불리는 잔인한 채찍이었다. 그 외에 녹이 슬어서 아무짝에도 쓸모없는 전시용 총과 한 번도 칼집에서 뽑아본 적이 없는 칼, 긴 막대기, 곤봉 등을 소지한 사람들이 있었다.

트레프리 씨는 정복하려는 자가 아니라 조정자로 나섰다. 그가 보기에는 무력으로 제압해서 노예들을 절망상태에 빠뜨리게 되면, 그들은 원래가 둔중한 자들인지라 항복하기보다는 물속에 뛰어들거나 자살하는 쪽을 택할 것이라고 예상했다. 따라서 공정하게 처리하는 일이 무엇보다 중요하다고 충고했다. 그러나 바이암은 자기 재주에 빠져있는 남자였다. 그는 자기 판단대로 하겠다고 고집을 꺾지 않았다.

달아난 노예들을 찾는 일은 어렵지 않았다. 노예들은 달아나면서 걸림이 되는 숲에 불을 지르거나 나무를 베어 길을 냈기 때문에 밤낮으로 그들이 놓은 불빛과 베어놓은 나무를 따라 뒤쫓을 수 있었다.

시저는 사람들이 쫓아오고 있다는 것을 알자 곧 여자와 아이들을 뒤로 물러나게 하고 방어태세를 갖추었다. 투스칸에게 자기 뒤를 따르게 하면서 모두 죽을 각오로 싸울 것을 촉구했다. 명령에 따라 그들은 화평교섭을 시도하지 않은 채 무작정 적을 향해 덤벼들었다. 몇 명의 목숨을 빼앗았고 더 많은 사람들에게 상처를 입혔다. 영국인들은 무기로 채찍을 사용했다. 그들은 명령을 기다리지 않고 노예들의 눈을 겨냥하여 호되게 내리치면서 고통을 가했다.

여자와 아이들은 두려움 속에서 남자들이 당하는 것을 지켜보다가 한쪽에서 영국인들이 "항복하라, 그러면 살려주겠다! 항복하라, 그러면 용서해주겠다!"고 외치는 소리를 듣자 남편과 아버지에게 달려가 그들을 붙잡고 "항복해요! 항복하세요! 시저는 죽게 내버려둬요!"라고 울부짖었다. 점차 노예들은 시저를 버리고 투항하기 시작했다. 끝까지 남은 사람은 투스칸과 용감한 이모인다밖에 없었다.

이모인다는 무거운 몸으로 독화살로 채워진 화살통을 메고 활을 손에 잡은 채 시저 곁에 붙어 있었다. 그녀는 활을 솜씨있게 다루어 몇 명에게 상처를 입히고 부총독의 어깨를 맞추었다. 그 상처로 바이암은 목숨이 위험했으나 그의 애첩이었던 인디언 여자가 상처를 입으로 빨아내어 독이 퍼지는 것을 막았다.

바이암은 시저가 굴복할 때까지 움직이지 않고 기다렸다. 그는 시저가 죽음을 택할지언정 포로로 잡히지는 않을 것을 알고 있었다. 투스칸이나 이모인다도 마찬가지였다. 바이암은 시저의 목숨이 아니라 다른 방식으로 복수하려고 마음먹었다. 그는 시치미를 떼고 상대를 구슬리기 시작했다. 원하는 바를 말하고 항복하기만 하면, 자기가 신의 이름을 걸고 그 요구를 들어주겠다고 설득했다. 그것은 시저를 무서워해서가 아니라고 했다. 노예들이 모두 항복하고 남은 두 명의 남자와 한 명의 젊은 여자가 무력으로 그들을 이길 수 있다고 믿지는 않으며, 다만 자기는 용맹함이나 관용에 있어서 제국의 왕에 어울릴 만한 시저라는 인물에게 항상 찬탄해 왔고 그래서 그런 인물을 자신이 죽음으로 몰고 갔다는 비난을 감수하고 싶지 않기 때문이라고 했다.

그는 또 이번 일로 많은 노예를 잃게 된 주인과 고용주가 어떤 주장을 펼친다 해도 자기는 시저의 행위가 용감하고 훌륭했다고 생각하며, 그가 탈출을 시도한 것은 젊은 혈기로 인해 용기가 앞섰던 것이며, 자유에 대한 분별 없는 성급함 때문이라고 생각한다는 말도 덧붙였다.

"그러므로 자네가 항복할 생각만 있으면" 그는 말을 이었다. "자네가 원하는 어떤 요구든지 기꺼이 들어주겠다. 자네뿐만 아니라 아내, 이제 곧 태어날 아이까지 모두 이 나라를 떠날 수 있도록 약속하겠다."

하지만 만일 시저가 계획을 굽히지 않고 끝까지 밀고 나간다면, 짐승의 밥이 되거나 거대한 뱀의 습격을 당할 것이며 그런 일이 없더라도 굶어 죽을 것이 분명하며, 따라서 안정을 취해야 할 임신한 아내를 생각한다면 그처럼 위험하고 힘든 여행을 계속할 수는 없을 것이라고 했다. 그러나 시저는 백인이 경배하는 신을 믿을 수가 없다고 했다. 그 신은 원칙적으로 백인들에게 거짓을 가르치고 있으며, 신의 뜻을 분명히 내세우지도 않고 또 거의 실천도 하지 않는 백인들 속에서는 정직한 사람은 결코 살아갈 수가 없다고 했다. 자신은 명예심을 가진 사람들 앞에서 어떻게 행동해야 하는지를 잘 알고 있지만, 그러나 백인들에게는 경계심을 풀 수가 없으며, 기독교인들과 같이 먹고 마실 때는 항상 호신용 무기를 가까운 곳에 두어야만 하고, 그렇지 않으면 신변의 안전을 지킬 수가 없으며, 백인이 하는 말은 단 한 마디도 믿을 수 없다고 주장했다.

그러나 시저는 자신의 행동이 위험했고 사려 깊지 못했다는 점에 대해서는 부총독의 말 그대로라고 솔직히 인정했다. 그러면서 천성적으로 노예로 살 수밖에 없는 인간들을 돕고자 했던 자신의 행동을 부끄럽게 여긴다는 말도 했다. 그들은 오직 기독교도들의 놀림감으로 살아가는 데 적합한 가엾은 악당들이며, 배신자이고 겁쟁이들이며, 주인에게 충성하는 개라고 했다. 그래서 호되게 채찍질 당하면서 기독교의 신을 배우면서, 자신을 정의롭고 용감하고 정직하게 해줄 힘도 없는 신들을 숭배하면서 배로 기어다니는 어떤 미물보다도 더 하찮은 존재가 되고 있다고 울분을 토했다. 그 외에도 몇 가지 일들을 길게 말한 뒤, 바이암을 향해서 그러한 짐승보다 못한 인간들과 함께 살아가기보다는 차라리 죽음을 택하겠다고 말했다.

트레프리와 바이암이 번갈아가며 그를 달래고 설득했다. 부총독이 말한 내용을 믿었던 트레프리는 시저의 관대한 손에 자신을 맡기겠다고 말하면서 시저 쪽으로 가까이 와서는 부디 요구조건을 말하고 투항하여 목숨을 구하라고 간청했다.

트레프리의 설득은 분명하고 정당한 것이었다. 또한 이모인다에 대한 우려 때문에 마침내 시저는 고집을 꺾고 요구조건을 밝혔다. 그리고 그 내용을 문서로 작성해서 넘겨줄 것을 요구했다. 그렇게 하는 것이 백인들 사이에서 남자와 남자의 계약에서 통례라는 것을 알고 있었던 것이다. 투스칸의 사면조치 조항까지

합쳐 모든 일이 마무리되자 그는 부총독에게 항복했다. 부총독은 죽은 사람들을 매장하도록 명령을 내린 뒤 모두를 인솔하여 평화롭게 농장으로 돌아왔다. 시저는 그날의 여러 가지 일들로 해서 무척 힘이 들었다. 격렬하게 맞붙어 싸웠으며, 그와 투스칸 단 두 사람만이 그렇게 했던 것이다. 그러나 그것은 결정적인 실수였다. 그 두 사람은 인간의 무력 같은 것은 전혀 무서워하지 않고 무슨 일이든 해치울 것이라는 결정적인 증거를 적에게 넘겨준 셈이었던 것이다.

그들이 노예들이 채찍질 당하며 벌을 받고 있는 현장에 도착했을 때, 갑자기 부총독의 부하들이 두 사람을 덮쳤다. 피로와 더위로 힘이 없는 시저와 투스칸을 공격하여 곧바로 그들을 나무 기둥에 묶어버렸다. 그리고 채찍질을 하기 시작했다. 참으로 비열하고도 비인간적인 행동이었다. 두 사람의 뼈에서 생살이 뜯겨 튕겨나갔다. 시저 쪽이 더 심했다. 시저는 신음 소리 하나 내지 않고 얼굴 표정도 바꾸지 않았다. 배신자인 부총독과 그 패거리로 생각되는 사람들을 분노와 경멸의 눈빛으로 차디차게 노려볼 뿐이었다.

그의 분노를 가중시킨 것은 불과 며칠 전까지만 해도 마치 인간 이상의 존재라도 되는 듯 그를 찬양하던 노예들이 손에 채찍을 들고 그를 후려치고 있다는 점이었다. 그는 자기 구속을 깨뜨리지 않으려고 분투했지만 그러나 그것은 불가능했다. 그의 눈빛에는 비통함과 복수심이 넘치고 있었다. 마치 불화살을 쏘는 듯 무섭고도 전율이 느껴지는 눈빛이었다.

마침내 충분히 벌을 주었다고 생각되자 그들은 시저를 묶은 밧줄을 풀었다. 그는 무수한 상처를 입고 많은 피를 흘려 거의 실신상태에 빠져 있었다. 그들은 시저의 옷을 벗긴 후 피범벅이 된 벌거벗은 몸을 끌고 가서 다시 쇠사슬에 묶었다. 그 잔혹한 처벌의 마지막은 피 흘리는 상처에 인디언 고춧가루를 문지르는 것이었다. 시저는 더 이상 참지 못하고 신음소리를 냈다. 그런 뒤 그들은 시저를 땅바닥에 던져놓았다. 고통이 없고 상처가 없다고 해도 그는 몸을 움직일 수조차 없었다.

그들은 이모인다에게는 관용을 베풀어 남편에게 가해진 잔인한 형벌을 보여주지 않았다. 그 대신 그녀를 파람으로 데려가 가두어두었다. 그것은 그녀에 대한 호의에서 비롯된 것이라기보다는 혹시라도 그녀가 그 광경을 보고 죽거나 유산이라도 하게 될까 걱정이 되었기 때문이었다. 어느 쪽이든, 여자노예든 아기노예든 잃게 되는 손실을 우려했던 것이다.

12장

월요일 아침 시저가 흑인들을 데리고 숲속으로 달아났다는 소식을 들었을 때, 우리는 모두 두려움에 몸을 떨어야 했다. 아무리 해도 그 공포심을 떨쳐낼 수가 없었다. 밤이 되면, 만반의 채비를 갖춘 시저가 잠든 사람들을 습격하지 않을까 하는 두려움이었다. 겁에 질린 여자들은 신변의 안전을 위해 모두 강 하구로 피신했다. 그 사이, 마을의 남자들은 그토록 잔인한 짓을 해치운 것이다. 그 점을 조금이라도 눈치챌 수 있었다면, 어떻게 해서든 사전에 막았을 것이다. 그 지역에서 내게는 적어도 그 정도의 힘과 영향력은 있었기 때문이다. 그런데 우리는 아무것도 모르는 상태에서 시저가 밧줄에 묶인 채로 다른 노예들과 마찬가지로 채찍질을 당했다는 소식을 들었던 것이다.

우리는 강에서 마틴 대령을 만났다. 그는 용감하고 선량하며

기지가 넘치는 남자였다. 그 사람에 대한 좋은 기억 때문에 내가 새로 쓴 희극The Young Brother or the Amorous Jilt를 말한다에서 등장인물을 빌려 그의 본명 그대로 찬사를 표시했던 사람이기도 했다. 그는 영리하고 말솜씨가 좋아서 그 뛰어난 재능으로 식민지에 거주하던 모든 사람들의 마음에 영향력을 미치고 있었다. 또한 시저의 친구였으므로 그에 대한 기만적인 행위에 대해서 크게 분노했다. 우리는 거처가 마련되었을 것으로 생각하고 그와 함께 파람으로 되돌아갔다.

도착했을 때 가장 먼저 들은 소식은 이모인다가 입힌 상처로 인해 부총독이 죽었다는 것이었다. 그러나 그것은 정확한 정보는 아니었다. 소문은 부총독이 시저에게 행했던 복수를 구경거리 삼아 즐겼지만 그 잔인한 의식이 채 끝나기도 전에 숨을 거두었으며, 어깨의 상처는 독화살을 맞아 생긴 것이라고 했다. 그런데 그 상처는 앞에서 말했던 대로 그의 인디언 애첩이 독을 빨아내 치료했던 것이었다.

우리는 돌아가자마자 곧바로 시저를 만나러 농장으로 갔다. 그는 말할 수 없이 비참한 상태에 놓여 있었다. 그토록 심한 고통 속에서 어떻게 죽지 않고 살아있는지 놀라울 지경이었다. 우리는 그 사건과 무관함을 주장하면서 그에 대한 걱정과 연민, 좋은 성품 등에 대해서 할 수 있는 모든 말들을 했다. 우리는 그 잔혹한 행위를 증오하고 있으며, 어떻게든 그를 돕고 싶다고 수없이 맹세했고, 또 그를 공격한 자들을 대신해서 용서를 빌었다. 그때서야 시저는 그 모욕적인 사건이 우리와는 아무 상관이 없다는 것을 믿어주었다.

시저는 바이암을 절대로 용서하지 않겠다고 했다. 트레프리에 대해서는 자신이 고통을 받고 있는 동안 그가 얼마나 안타까워하고 괴로워했는지 눈으로 보았다고 했다. 트레프리는 그 고문행위를 멈추게 할 수 없었다. 그를 변호하려다가 도리어 노예들의 채찍에 맞을 뻔하기도 했던 것이다. 그러나 영국인들의 지휘자이며 우두머리로서 마땅히 정의와 명예로 부하들에게 모범을 보였어야 될 바이암에 대해서는 기필코 복수할 것이며, 그때까지 그가 살아있기만을 바란다고 했다. 그리고 덧붙여 말했다.

"비겁하게 채찍 따위로 때리지 말고 깨끗이 나를 죽여 버렸다면, 그편이 그에겐 훨씬 좋았을 것입니다."

그는 더 이상 말하지 않으려 했다. 다만 우리에게 손을 달라고 하면서 그 손을 잡고 결코 우리에게는 해를 가하지 않겠다고 약속했다. 마틴 대령에게도 경의를 보이면서 그의 조언을 마치 부모의 말처럼 고분고분 들었다. 바이암에 대한 복수만 아니라면, 대령이 하는 말은 뭐든지 따르겠다고 장담했다. "그러므로" 그가 말했다.

"바이암은 자신의 안전을 위해서 한시라도 빨리 나를 처치하는 것이 좋을 것입니다. 나는 언제든 내 목숨을 끊을 수 있습니다. 그러나 상처 입은 내 몸과 용사에게 가해진 치욕을 그대로 갚아주기 전에는 결코 죽을 수 없습니다. 절대로, 채찍질의 수모를 겪었다고 해도 나는 죽지 않을 것입니다. 모든 노예들이 나를 비웃으며 손가락질하더라도, 어떤 치욕 속에서라도, 나는 기필코 살아서 복수를 할 것입니다. 여러분은 시저에게 주어진 불명예를 비웃으며 살아있는 오루노코를 보게 될 것입니다."

그 말을 끝으로 더 이상 한마디도 들을 수 없었다. 우리는 곧바로 그의 상처를 치료하기 위해 약탕으로 몸을 씻기고 고춧가루를 제거했다. 외과의사에게 치료제인 향약을 가져오게 하여 상처에 발라주었다. 얼마 지나지 않아서 그는 다시 걷게 되었고 음식도 먹었다. 우리는 매일처럼 그를 찾아갔다. 나중에는 파람에 거처를 마련해서 지내도록 조치했다.

부총독은 화살에 맞은 상처가 나으면서 시저의 위협을 들었다. 그는 곧바로 자문위원들을 소집했다. 그런데 이 위원이라는 작자들은 뉴게이트(그들을 비웃거나 정부를 무시할 생각은 없지만)뉴게이트 감옥. 1902년까지 런던의 구시티에 있었다에서도 어찌하지 못했던 악명 높은 작자들이었다. 애초에 신의 법률도, 인간의 법도 알지 못했고 어쩌면 인간이라고 불릴 만한 어떤 기본적인 도덕도 갖추지 못한 사람들이었다. 협상 테이블에 앉기만 하면 서로 상대방의 말을 헐뜯고 시비를 걸고 욕설을 퍼부어대기 때문에 그 광경을 보거나 듣고 있기도 끔찍할 정도였다. (그들은 후에 네덜란드가 이 지역을 통치했을 때 대부분 교수형에 처해지거나 쇠사슬에 묶여 추방되었다.)

이런 대단한 인물들을 한 곳에 모아놓고 그 중대한 사건에 대해서 그들의 의견을 구했던 것이다. 그들이 내린 결론은 (어허, 참!) 그 문제는 곧 자신들의 일이며, 따라서 시저에게 본때를 보여 흑인들이 그들의 상전이나 주인을 위협하는 일이 얼마나 무서운지를 제대로 보여주어야 한다는 것이었다. 그냥 두면 누구도 노예에 대해서 안심할 수 없는 사태가 생길 것이라고 주장하면서 만장일치로 시저의 목을 매달기로 결정했다.

트레프리는 자신의 권력을 행사할 때라고 생각했다. 그는 바이암에게 총독의 농장에 대해서는 그가 관여할 수 없다는 점과 파람 하우스는 화이트 홀런던의 중앙부에 있던 옛 궁전. 찰스 1세의 처형장과 마찬가지로 치외법권 지대이므로, 부하가 왕을 간섭할 수 없듯이 총독(이 지역에서 왕의 이름을 대신하는)의 부하 역시 간섭할 수 없다는 점을 상기시켰다. 총독이 설령 지금 이곳에 없다고 해도 그의 지배력은 엄연히 존재하고 있으며, 따라서 총독의 사유 농장과 그에 부속된 모든 땅에 한해서는 자신의 권한을 위임하고 있을 뿐 성역과 같은 곳이며, 그 외의 땅이라면 바이암은 총독의 대리이기 때문에 마음대로 폭정을 해도 좋을 것이다, 라고 말했다.

트레프리에게는 시저의 생사에 관심이 있는 힘을 가진 동료들이 있었다. 그는 시저를 반드시 보호하겠다고 말했다. 그런 다음 부총독과 그의 잘난 위원들을 문밖으로 몰아냈다. (그들은 파람 하우스에서 회의를 하고 있었던 것이다.) 우리는 숙소에 보초를 세우고 시저의 동료라고 할 수 있는 사람들 외에는 출입을 막았다.

부상을 입은 부총독은 상처가 완전히 나을 때까지 파람에 머물고 있었는데, 시저는 그 사실을 알지 못했다. 평소에도 부총독은 대부분의 시간을 그곳에서 지냈다. 그는 다른 사람의 비용으로 지내는 것을 좋아하는 그런 사람이었다. 어쩌다 하루 빠지면 다음에는 열흘을 보내곤 했다. 전에는 자주 시저와 함께 놀면서 산책을 하거나 사냥이나 낚시를 가곤 했다.

시저는 체력만 회복되면 그에게 복수할 기회를 찾을 수 있을 것으로 굳게 믿었다. 복수를 한 뒤에도 그가 살아 있을 희망은 없었다. 그를 죽이려고 덤벼들 영국인 패거리들의 분노를 피할 수 있다고 해도 그들의 채찍 밑에서 살아가지는 않겠다고 굳게 결심했기 때문이었다.

그러나 그도 때로는 감상적이 되거나 후회로 마음이 약해질 때가 있었다. 그 감정을 그는 '두려움의 발작'이라고 불렀다. 그가 힘겹게 싸우고 있는 마음의 지배자인 사랑은 어디에 있는가? 그것은 아름다운 이모인다와 함께 하는 것이었다. 그런 생각을 하는 대부분의 시간은 감상적인 생각과 어두운 계획에 빠져 지냈다. 그는 복수를 해야 한다. 그런데 상대를 죽인 후에나 죽이려다가 만약 자기가 죽게 된다면, 뒤에 남게 될 사랑하는 이모인다는 포악한 무리의 제물이 될 것이다. 운이 좋아도 결국 노예로 살아가게 될 것이다. 그런 생각을 하면 그는 심장이 찢어질 것 같아 견딜 수가 없었다.

"아마도" 그는 생각했다. "저 야수 같은 놈들 모두가 그녀를 욕보일 것이다. 그녀는 그들의 더러운 정욕 앞에 발가벗겨지고 결국에는 비참하게 죽임을 당할 것이다."

견딜 수 없는 불안 속에서 그는 한 시도 살아갈 수 없었다. 시저의 생각은 그랬다. 그가 나중에 우리에게 이야기했던 대로 그는 그러한 생각들로 침묵 속에서 자신과 싸우고 있었던 것이다. 그런 이유로 그는 이제 바이암뿐만 아니라 자신을 분노케 했던 모든 사람들을 죽이겠다고 결심했다. 농장 사람들 모두가 지켜보는 앞에서 자신이 해치울 살육을 떠올리면서 그는 심장 깊숙이 기쁨을 느꼈다.

우선 한 가지 행동을 결심해야 했다. 처음에 그 일은 우리 모두에게 너무나 무서운 것으로 보였다. 이유를 알고 나서는 그 행동이 정당하고 용감한 것으로 받아들여졌다. 시저는 걸을 수 있게 되고 자신의 주요한 계획을 실행할 만큼 건강해졌다고 생각되자, 트레프리에게 자기를 믿고 외출할 수 있게 허락해달라고 요청했다. 산책이 건강에 좋을 것이라고 생각하기 때문이라고 했다. 외출이 허락되자 그는 이모인다를 데리고 숲으로 갔다. 행복하고 평화로운 나날을 보내던 시절 둘이서 자주 갔던 장소였다. 숲으로 들어가자 그는 수없이 탄식하면서 말없이 오랫동안 그녀의 얼굴을 바라보았다. 참을 수 없는 듯 눈물이 흘러내렸다. 그는 자신의 생각을 그녀에게 말해주었다. 그녀를 먼저 죽이고 나서 적들을 죽일 것이며, 그런 다음 자신도 죽을 것이라고 말했다. 탈출은 불가능하며 그러므로 그녀를 죽일 수밖에 없다고 했다.

그의 말이 끝나기 무섭게 영웅적인 아내는 어서 자기를 죽여

줄 것을 간청했다. 무릎을 꿇고서 자신의 죽음을 뒤로 미루어 적의 희생물이 되지 않게 해달라고 애원했다. 그는 죽고 싶도록 비통한 심정이었으나 한편으로는 그녀의 고귀한 결심에 감복하면서 그녀를 안아 일으켰다. 죽음을 앞에 둔 사랑하는 사람을 비통한 심정으로 열정적으로 껴안았다. 그런 다음 그의 영혼의 보물이었고 그 눈에 무한한 기쁨을 주었던 사람을 죽이려고 단검을 뽑았다.

그러는 동안에도 그의 눈에서는 눈물이 쉴새없이 볼을 타고 흘러내렸다. 한편 그녀가 흘리는 눈물은 그토록 고결한 사람, 너무도 다정했던 사랑, 진실로 존경했던 남편의 손에 죽음으로써 고향으로 돌아간다는(그것이 내세에 대한 그들의 생각이었다) 기쁨에서 솟구치는 눈물이었다. 그녀는 미소를 띠고 있었다.

그들의 나라에서는 아내가 남편에게 바치는 존경은 남자가 신에게 바치는 숭배와도 같은 것이었다. 만약 남자가 자기 아내를 떼어놓아야만 할 피치 못할 사정이 생기면, 그리고 그가 아내를 진정으로 사랑하고 있다면, 남편은 자기 손으로 아내를 죽였다. 아내를 사랑하지 않는 경우라면 누군가에게 팔아넘기거나 아니면 다른 사람의 손에 맡겨 죽이는 것이다. 시저의 행동은 그러한 사정 하에서 결정되었다고 믿어도 좋을 것이다. 좋은 가문에서 태어나 그토록 총명하고, 아름답고, 젊고, 사랑스러운 연인과의 영원한 이별, 그 작별은 분명히 훗날까지 사탐의 심금을 울리는 참으로 애통한 장면이었다.

이런 경우 사랑하는 사람들이 그러하듯이, 두 사람은 할 수 있는 모든 말들을 나누었다. 자칫 꺾일 것만 같은 각오를 새롭게 다짐하면서 젊고 아름답고 사랑스러운 희생자는 희생물을 자청하여 그 앞에 몸을 뉘였다. 한편 시저는 찢어질 듯한 심정으로 단호하게 치명적인 일격을 가했다. 목을 베자 여전히 미소를 띠고 있는 얼굴이 몸에서 떨어져 나갔다. 두 사람의 사랑의 결실인 아이를 가진 아름다운 몸이었다. 일이 끝나자 그는 곧바로 나뭇잎과 꽃으로 침상을 만들어 그녀를 반듯하게 눕히고 그 위에도 나뭇잎과 꽃잎을 덮어주었다. 다만 얼굴만 덮지 않고 남겨두었다.

그러나 이제 그녀는 영원히 죽었으며, 다시는 살아날 수 없으며, 더 이상 그를 축복하는 눈으로 바라보거나 부드러운 목소리로 말을 거는 일이 없을 것이라는 생각을 하면서 그의 슬픔은 걷잡을 수 없는 분노로 변했다. 미칠 듯한 분노에 사로잡혀 몸부림치면서 사랑하는 이모인다의 이름을 부르면서 야수처럼 울부짖었다. 당장 아내의 뒤를 따르겠다는 충동으로 몇 번이나 그 무서운 단검으로 자신의 심장을 향해 겨누기도 했다. 그러나 무서운 복수심, 영혼 속에 전보다 몇 천배 더 격렬해진 복수심이 그 행동을 막았다. 그는 소리쳤다.

"나는 복수를 위해서 이모인다를 희생물로 바쳤다. 자연이 낳은 가장 아름답고 고귀하고 사랑스러운 피조물, 가장 값비싼 희생의 영예를 헛되이 버리려고 하는가? 아니다, 그럴 수는 없다."

아내의 이름을 부르면 슬픔이 분노를 누르며 치밀어 올라왔다. 아내의 시신에 몸을 던진 채 지금껏 흘려본 적이 없는 많은 눈물을 소나기처럼 쏟으며 그녀의 얼굴을 흠뻑 적시면서, 원수들을 모조리 죽여 버리겠다는 계획을 다짐하면서 엎드려 있었다. 이전보다 더욱 사무치는 사랑으로 그는 그녀에게서 눈길을 거두고 몸을 일으킬 힘도 없었다. 비통해하면서 그는 그녀를 슬픈 희생물로 바친 자리에서 이틀이라는 시간을 더 보냈다.

마침내 그는 그녀 곁에서 몸을 일으켰다. 이모인다는 이미 죽었는데, 자신이 너무 오래 있었다고 자책했다. 짐승 같은 적들을 죽이는 일이 지체되고 있었기 때문이다. 지금이야말로 그 중요한 일을 해치워야 할 때라고 생각하면서 몸을 일으키려 했다. 그러나 힘이 전혀 남아 있지 않았다. 마치 역풍을 맞은 나뭇가지처럼 앞뒤로 비척거리다가 하는 수 없이 다시 자리에 누운 채 힘을 내보려고 했다.

머리가 빙빙 돌고 현기증으로 눈앞이 어지러웠다. 주변 풍경도 지금까지 보던 것과는 완전히 다르게 보였다. 숨이 가쁘고 팔다리가 한 번도 겪어보지 못한 느낌으로 희미해졌다. 그는 이틀 동안 아무것도 먹지 않았다. 그것이 탈진의 한 원인이기도 했을 테지만 그보다는 슬픔의 바닥까지 떨어져버린 것이 더 큰 원인이었다. 계획했던 바를 실행할 기력이 없었다. 그는 다시 기운을 차리기를 기다리며 6일을 더 그곳에 누워 있었다. 이미 죽고 없는 자신의 여자를 애도하면서 일어나 보려고 애를 썼으나 몸이 말을 듣지 않았다.

고귀한 영혼의 노예 149

13장

그 기간 내내 우리는 시저와 그의 아내를 걱정하며 애를 태우며 지냈다. 시저가 달아났고 다시는 돌아오지 않을 거라고 보는 사람도 있었고, 그의 신변에 문제가 생겼을 것으로 보는 의견도 있었다. 그런 와중에 우리는 백 명 정도의 사람들을 보내서 사방으로 그를 찾아보도록 했다.

40명 정도의 수색대가 시저가 있던 방향으로 갔다. 그 가운데는 바이암과 그와 완전히 화해를 한 투스칸도 포함되어 있었다. 그런데 숲으로 미처 들어서기 전에 이상한 냄새가 풍겨왔다. 시체 냄새 같았다. 그 냄새는 숲을 덮고 있는 자연의 신선한 향기와는 확연하게 구별되는 지독한 냄새였다. 사람들은 그가 죽었거나 아니면 다른 누군가의 시체가 있을 것이 틀림없다고 생각하면서 소름끼치도록 역겨운 냄새를 뚫고 그 쪽으로 나아갔다.

땅 위에 두텁게 쌓인 나뭇잎 부스럭거리는 소리가 계속해서 들려왔기 때문에 시저는 누군가 오고 있다는 것을 알았다. 일어나려고 하면서 그는 8일간이나 누워있던 자리에서 있는 힘을 다해 눈을 떴다. 그리고 접근해오는 사람들을 보고 자리에서 일어났다. 비틀거리며 가까운 나무쪽으로 다가가 거기에 몸을 기대고 섰다.

 그를 발견한 사람들이 10야드 거리까지 접근하자 시저는 그들을 향해 목숨이 아까우면 더 이상 가까이 오지 말라고 소리쳤다. 그들은 멈추어 섰다. 그들을 향해 소리치는 사람이 시저라는 것을 보면서도 그들은 자기 눈을 믿을 수가 없었다. 그의 모습이 너무도 변했기 때문이었다.

 사람들은 그에게 아내에게 무슨 짓을 했는지 물었다. 그 냄새를 맡는 것만으로 거의 죽을 것만 같았다. 시저는 아내의 유해를 가리키면서 탄식하며 외쳤다.

 "저기 있는 내 아내를 보아라!"

 사람들은 들고 있던 막대로 시체를 덮은 꽃과 나뭇잎들을 걷어냈다. 그리고 그녀가 죽어있는 것을 발견하고 "오, 이 비정한 놈아, 네가 네 아내를 죽였구나!" 소리치면서 왜 그토록 잔인한 짓을 했는지 다그쳐 물었다.

 시저는 그런 건방진 질문에 대답할 틈이 없다고 말했다. "돌아가라." 그가 말을 이었다.

 "가서 저 신의 없는 부총독에게 내가 곧 그의 숨통을 끊어놓을 것임을 전해라. 지금은 내가 기력이 없고 팔이 쇠약하여 뜻을 이루지 못하고 있다. 그러니 그가 아직 살아있다는 행운에 감사하라고 말해주어라."

그러나 그는 혀가 꼬이고 몸이 떨려 말을 제대로 끝내지 못했다. 영국인들은 그가 쇠약해져 있음을 다행으로 여기면서 "무슨 일이 있어도 이놈을 생포해서 데려가자"고 소리쳤다.

꿈이라도 꾸듯이 정신이 혼미해지던 가운데 그 말을 들은 시저는 다시 기운을 차렸다. 그리고 소리쳤다.

"아니다, 신사 여러분, 당신들은 속고 있다. 채찍질 당하던 시저는 세상에 없다. 내게는 어떤 신뢰도 남아 있지 않다. 당신들은 내가 약해졌다고 생각하겠지만, 그러나 내게는 두 번 다시 모욕당하지 않을 만큼 나를 지킬 힘이 남아 있다."

사람들은 새삼 그를 안심시키려고 온갖 약속을 했다. 시저는 고개를 가로저으며, 경멸에 찬 눈으로 그들을 바라보았다. 그러자 그들은 다시 소리치기 시작했다.

"상대방은 단 한 명이다. 누가 도전하겠는가? 아무도 없는가?"

그러나 그들은 묵묵히 서 있었다. 그러자 시저가 응수했다.

"누구든지 먼저 도전해 오는 자에게 나는 목숨을 걸고 싸울 것이다. 그러니 누구든 목숨을 걸고 덤벼라."

이렇게 말한 뒤 시저는 비장한 표정으로 단검을 든 손을 머리 위로 번쩍 쳐들었다.

"보았나? 그렇군. 신의라고는 손톱만큼도 없는 믿을 수 없는 놈들." 그가 말했다. "나는 살고 싶은 생각은 추호도 없다. 나는 죽음을 조금도 겁내지 않는다."

그렇게 말하면서 그는 자기 목에서 살을 한 점 베어내어 그들 쪽으로 던졌다.

"그렇지만 나는 가능하면 살고 싶다. 복수를 해치울 때까지는 말이다. 하지만, 아! 안 되겠다. 눈앞이 희미해지고 감각은 마비되고 있다. 빨리 서두르지 않으면 저 더러운 채찍의 희생물이 되고 말 것이다."

이렇게 말하고 그는 자신의 배를 가르고 힘껏 내장을 잡아 꺼냈다. 몇 사람이 무릎을 꿇고 그에게 제발 그만두라고 애원했다. 그가 비틀거리며 쓰러지는 것을 보자 누군가 외쳤다.

"그에게 도전할 자가 정녕 한 사람도 없단 말인가?"

한 대담한 영국인이 큰 목소리로 대답했다.

"좋소. 설령 이 남자가 악마라고 해도."

상대방이 거의 죽어가고 있는 것을 보고 용기를 낸 그 남자는 세상에 작별을 고하듯 무서운 주문을 뱉으면서 시저를 향해 덤벼들었다. 시저는 무기를 든 손으로 그 남자와 당당하게 맞서 그의 심장을 꿰뚫었다. 남자는 그의 발밑에 거꾸러지면서 숨을 거두었다. 그 광경을 보고 있던 투스칸이 외쳤다.

"오오, 시저! 나는 당신을 사랑합니다. 정말이지 당신을 죽이고 싶지 않습니다."

그리고 그의 곁으로 달려가 양팔로 시저를 안았다. 그 순간 시저가 자기 가슴을 겨누어 찔렀던 칼이 투스칸의 팔에 깊숙이 꽂히고 말았다. 시저는 칼을 뽑으려고 했으나 그럴 만한 힘이 없었다. 투스칸은 직접 칼을 뽑거나 누구에게 뽑아달라고 하지 않고 팔에 꽂은 채로 그대로 돌아왔다. 나중에 그가 설명한 바로는 상처 부위에 공기가 들어가지 않도록 하기 위해서였다.

시저는 의식을 잃은 상태였다. 그가 이미 죽었거나 아니면 죽어가는 중이라고 생각했기 때문에 여섯 명이 손을 엮어 그를 태우고 돌아왔다. 파람으로 데려가 침상에 눕힌 뒤 곧장 외과의사에게 치료를 맡겼다. 의사는 그의 상처를 치료하고 배를 꿰매어 다시 살려내기 위해 모든 조치를 취했다. 치료는 효과가 있었다. 우리는 모두 그의 병문안을 갔다. 전에는 그를 보면서 아름다운 청년이라고 생각했지만 이제 그의 얼굴은 완전히 변해서 이빨과 눈을 빼면 먹칠을 한 듯 새카만 해골처럼 보였다.

며칠 동안은 아무도 그에게 말을 걸 수 없었다. 다만 강장제를 그의 목으로 흘려 넣어 주었을 뿐이다. 그렇게 목숨을 유지하면서 7,8일이 지났을 때, 그는 의식을 회복했다. 서인도제도에서 그런 상처가 치유될 수 있었다는 것은 거의 기적에 가까운 일이었다. 다리의 상처를 뺀 나머지 부위는 그들의 능력으로 치유된 적이 없었기 때문이다.

시저가 말을 할 수 있을 정도로 상태가 호전되었을 때, 우리는 그의 아내에 관한 의문점과 어째서 아내를 죽여야 했는지에 대해 이야기했다. 그는 앞에서 말했던 자신의 결심과 아내와의 이

별에 대한 이야기를 해주었다.

시저는 자신을 죽여달라고 부탁했다. 자신이 다시 살아날 수도 있다는 가능성에 대해 무척 힘들어 했다. 만약 지금 자신을 처치하지 않는다면 많은 사람들이 위험해질 것이라고 단언했다. 우리는 그를 살리고 안전하게 하기 위해 최선을 다하고 있다고 말했다. 그러나 그는 자기에 대해서나 사랑하는 그의 이모인다에 대해서 하찮게 보지 말라고 했다. 우리가 그를 살리려고 아부하고 있다고 생각하는 듯했다. 한편 의사는 그에게 다시 살기는 어려우니 그런 걱정할 필요가 없다고 말했다.

그 말을 듣고 시저를 뺀 나머지 우리는 너무도 마음이 아팠다. 송장 같은 모습이었고 그의 이야기는 슬펐다. 몸에서는 고약한 냄새가 강하게 풍겼다. 사람들은 내게 잠시 나가 있으라고 권유했다. 내가 워낙 허약한 체질인 데다가 감정적으로 예민해지면 심각한 병을 초래하는 경향이 있었기 때문이었다. 하인들과 트레프리, 그리고 의사가 시저를 살리기 위해서 모든 방법을 강구하겠다고 약속했다. 나는 동료들과 배를 타고 사흘 일정으로 마틴 대령을 만나러 갔다.

내가 출발한 직후, 부총독은 중대한 용건이 있다는 이유로 트레프리를 데리고 하루 일정으로 강의 상류쪽으로 여행을 떠났다. 자기 계획을 바니스타라는 남자에게 알아듣게 지시해둔 뒤였다. 그는 아일랜드 출신인 난폭한 사람으로 고문관 가운데 한 명이었다. 부자였으나 야만적인 사람이었고 어떤 악행이라도 서슴없이 해치울 수 있는 악인이었다.

그가 파람으로 와서 시저를 강제로 끌고 갔다. 그리곤 일전에 시저가 채찍질을 당했던 바로 그 기둥에 그를 묶은 뒤 앞에는 크게 불을 피우도록 지시했다. 그리고 시저에게 개처럼 죽여주겠다고 말했다.

시저는 그 말에 응답했다. 그렇다면 그 행위는 바니스타가 난생 처음으로 행하는 용기 있는 행동이 될 것이다. 그 작자는 지금까지 단 한 번도 올바른 말을 해본 적이 없었다. 그러나 이제 자기가 한 말을 지킨다면 나는 저 세상으로 가서 바니스타야말로 모든 백인들 중에서 유일하게 진실을 말한 자라고 분명히 밝히겠노라고 말했다.

그리고 자신을 묶은 남자들을 향해서 물었다. "어이, 친구들, 나는 죽는 것인가, 아니면 채찍질 당하는 것인가?" 그러자 그들이 소리쳤다.

"채찍질이라니! 어처구니가 없군. 그렇게 쉽게 빠져나갈 줄 아는가!"

그러자 시저는 빙긋이 웃고 답했다.

"그대들에게 축복이 있기를."

그러면서 그들을 향해, 자신은 바위처럼 꿈쩍도 하지 않을 것이니 굳이 묶을 필요가 없다고 말했다. 또한 그들에게 죽는다는 것이 무섭지 않다는 것을 보여주기 위해 자신은 죽음을 꿋꿋이 견딜 작정이라고 단언했다. 그리고 덧붙여 말했다.

"그러나 만일 채찍질할 생각이라면 나를 꼭 묶어주기 바라네."

그는 담배를 피울 줄 알았다. 죽는다는 것이 분명해지자 그는 파이프에 불을 붙여서 자기 입에 물려주기를 원했고 그들은 그 부탁을 들어주었다. 사형집행인이 와서 맨 먼저 그의 몸 일부를 잘라 그것을 불속에 던져 넣었다. 그런 다음 기분 나쁜 칼을 들어 그의 양 귀와 코를 떼어내서 불에 태웠다. 시저는 아무 일도 없다는 듯이 계속 담배를 피우고 있었다. 그 다음에 팔 한 쪽이 잘려 나갔다. 그럼에도 그는 견디면서 파이프를 입에 문 채로 있었다. 나머지 다른 한 쪽 팔이 잘려나가자 그의 머리가 축 늘어지면서 파이프가 바닥으로 떨어졌다. 어떤 신음소리도, 비난도 없이 그는 숨을 거두었다.

나의 어머니와 여동생은 그의 곁에서 전 과정을 지켜보았으나 그를 도울 수는 없었다. 구경꾼들은 모두 무례하고 사나운 무리들이었으며, 형 집행을 지켜보았던 재판관들도 냉혹한 인물들이었다. 그들은 후일 그 무자비한 행위에 대한 대가를 톡톡히 치러야 했다.

그들은 시저의 유해를 네 조각으로 잘라 몇 군데 주요한 농장으로 보냈다. 그 중 하나는 마틴 대령에게 보내졌는데, 대령은 받기를 거부했다. 그는 자신의 농장에서 시저의 것이 아니라 바니스타와 부총독의 절단된 사지를 보기를 원한다고 단언했다. 토막 난 왕의 처참한 모습을 보니 흑인들을 겁주고 슬픔에 빠뜨리는 일 없이도 자기는 충분히 흑인들을 다스릴 수 있다고 덧붙였다.

이리하여 그 위대한 인물은 생을 마감했다. 훨씬 더 좋은 운명을 누렸어야 했던 인물이었고 그를 칭송하기 위해서는 나보다도 훨씬 더 훌륭한 솜씨가 필요한 인물이었다. 바라건대, 나는 내 글의 평판에 힘입어 그의 빛나는 이름이 세상에 널리 알려지고 저 용감하고 아름답고 지조 있는 이모인다와 함께 후세까지 전해지기를 희망한다.